中国青年诗人作品选

龚学敏 唐小林 主编

成都时代出版社

石桥上的青苔，墙边的月季/屋顶是完整的，月亮少了一瓣。长出来的瓦草，在自己的梦里飞奔/远山托付给了岛群，一层覆一层/新鲜的我们该隐身古典渔客，苦苦练习如何垂钓一座岛/每一天，都有一张相似、思念的人脸/我们用中年的脸，贴近暮年的脸，才心安……/不要给我指越过高高枝头的月亮/大地呼吸，松弛着不再思考/此刻，他们伛偻在巷口，秋蝉热烈，斜阳明灭/滚落满地的头，瞬间被野草吞没/克服自己，就像克服整个时代/为了把它们捧在手上，我接受了损毁/时间让一切变得大不相同/石头上溅出星火，仿佛一双双怒目的眼睛/不是所有的种子，都渴望结为果实；不是所有的河流，都梦想流入海洋/搭在命运的琴箱上，拉着人间冷暖/我要关掉所有的夜灯，包括漂泊在海上的渔火/他席地而坐，缭绕床下那张寒冷的、一九四年的脸/如一场苦等的大雨，它们一滴一滴，朝我们袭来/有一本书翻着，页码是四十三，书上空无一人/交出每一滴泪中，埋藏已久的羞愧/跳上龟山之上的电视塔，像替我寻找着什么/一场豪雨般的想象，那些涌动的浪头，那些人们，在街道四散/那关乎年轮的印痕，羽化消逝后，又逐渐清晰/时间悄悄地长出青苔，把身体里的善与恶，赶至万佛洞/那盏灯在我眼睛里闭关修炼 我的手掌有无数个夜晚苏醒/母亲说我天生是个好木匠，打造一个又一个不重样的自己/不悲，不忧，我们有比石头更硬的命/日子开始在离天空最近的石垭口，一匹马莫名跑向了天边/羊依然是那些朴素的羊，██████████/每一只鸽子都拥有可以反复拍打的城市，每一座城市都在它们的抚触之下，渴求奇迹/有时送走一位故交，雪才肯化，有时战火纷飞，花还在开/亲爱的男人，██████████/过滤后的清液啊，已醇酽如酒使人泪点点/有人看着雪球滚下去欢呼，有人看着雪球滚下来欢呼/我认定河边石头是河水的骨头/它裹一身爱情的桃红，新月般为我默念泰戈尔的诗篇/雪躺下去，是加工车间里上夜班的母亲新生的皱纹。雪站起身，██████████这样的尘世，没有门，也没有窗/世界是一分钟。你只是五十九秒。天真是一种飞行器/广阔的草原上，就它一匹，静静的，低着头，眼睛明亮，蹄子干净/可那白，怎么看，也不是大米的白/当冬衣未洗，██████████轻使我们看起来像一个不断误用的比喻/人世浩瀚，不如我在此处爱你/我将我所有粗暴的个性赋予他，他将我的虚空给我交换/你看见夜晚的山，一路的崎岖和深坳/我们都脱下，王的帽子，我们都愿意输给对方/在越来越新的故乡，██████████ 唯有雨过天晴，我家门口才经得起青苔的反复推敲/那些桀骜的灵魂，勒紧生活的边缘，使那些原本就清晰明亮的影子，逐渐多了份往事的轮廓/██████████，月光睡在桑林里，

目 录

A–M

N–Z

A
I
M

1

沉睡的诗

唐诗、宋词与元曲
繁华落尽与边塞凄清
在课本的某一页醒着

打开咳嗽的母语
沉睡的诗，在某一片天空下
孤独飘落

在离天空最近的石埡口
一匹马莫名跑向了天边
然后暮色四合
一座山
也跟着黑了起来

2

一只低头吃草的羊

一只低头吃草的羊
它的嗓门时而低沉婉转
时而高亢嘹亮
就像石垭口的风
从山头飘向山腰
从山腰飘向远方

异乡打工的人
有时候听得很清楚
那就是他家的羊
在荒芜里寻找归宿

只是，梦已醒来
那是十多年前的事
现在偶尔回趟家
也能看到几只低头吃草的羊
也能听见它们的歌声——
羊依然是那些朴素的羊
依然在呐喊生命的春天
而我们却显得更悲伤了些

原载于《壹读》2019 年第 9 期

1

叙利亚之鸽

铁丝网、沙袋、面罩、圆顶尖塔
以及纵横割裂的街区。钟声被祷告声
一遍遍唤醒

每一只鸽子都拥有可以反复拍打的城市
每一座城市都在它们的抚触之下，渴求奇迹

夜色里，炮火熄灭着灯火
凸目下，烟雾弥盖了苍黎

清晨依旧寂静，羽翅素来洁白
它们的起飞陡然而沉重，扑棱有声

原载于公众号"鹤轩的世界"2019年2月

旧时梅

从角落里，伸陡峭的虬骨
也结碗口大的瘤痕

宣纸上，浓淡不定，滴不规则的墨汁
也滴士人的指血

滴到哪里，哪里就是腊月
哪里就是旧时庭院

有时送走一位故交，雪才肯化
有时战火纷飞，花还在开

宋祥兴二年，十万官民落尽
早春的崖山
瘦得让人心疼

原载于微信公众号"婺江文学"2019年10月

1 野胡桃之春

西伯利亚寒流浸淫过的草色干枯
山坡上一株野胡桃
飞鸟，粉红色鸟喙，白翅羽，栖息

软毛笔划过
墨汁逐渐洇湿毛边纸
亲爱的男人，我的欲望如填满沟壑的暮色
因为你。黑暗中愈来愈浓烈

2

所有的甜蜜来自事物内部

金黄橘皮，被强力撕开，露出
抱团的香气和橘瓣

压在舌根下的一截儿甘草
最初是怪异的滋味，舌用力挤压
咂出它内部药用的甜
所有来自尘世的惊骇都被安抚和平复

而年轻时为之疼痛过的人事
从时光深窖中取出
它已经发酵。沉淀。过滤后的清液啊
已醇酽如酒使人泪点点

原载于《品位·浙江诗人》2019 年第 4 期

山顶住着滚雪球的人

1

踢动一块小石头，石头经过的雪
就会慢慢有温度、水意和黏性
还有石头之心和抱团滚动之心
赤脚村童中的西西弗斯，拼命推着雪球
雪球拼命吃雪——

比雪球大，比推下山滚得远
飞跃而下的，滚到从未降雪的
山脚汉区。有人看着雪球滚下去欢呼
有人看着雪球滚下来欢呼

很久没有雪球滚下山坡了，每年冬天
山脚的人们都在谈论，什么时候
才能看见一颗巨大雪球
滚下来，仿佛搬下山脚的人
不是山顶滚雪球的人

2

母亲的镖

我认定河边石头是河水的骨头
我认定河水是一家源远流长的镖局
每次被劫镖都会掉骨头

鱼群被劫空
镖头唯一的镖只剩下自己
里面那条最硬的骨头

走过很多地方，经过很多事，度过很多年
我是我的鱼，我是我的镖
我不敢细数母亲请我护送的鱼

我在无数地方掉过骨头
将在无数地方掉骨头

原载于《星星·诗歌原创》2019年第1期

春夜寄远

白天将母亲安葬后，静寂无人的春夜，
阮籍趴在一块嶙峋的白石上。他刚从

深渊般的昏厥中醒来，眼珠在转动，
他是一只趴在井口望水的野狸子或山雀。
剖开他的皮囊，他是一截腐烂的松枝。

春夜真是一把杀人的利刃啊。公元 263 年，
它诱使阮籍安乐地死去，一千多年后，
它裹一身爱情的桃红，
新月般为我默念泰戈尔的诗篇。

2

雪，与昌耀

一万条大川奔向大西北山麓一个敝旧的雪屋。
那里。你的土伯特妻子正为你分娩你的第三个孩子
——是玉的精魄而不是碎石，是春水而不是冷寒。
是雪后放晴的清晨，少年郎一脚踏入松软的雪地中，
惊见野雉飞出树梢，大平原须发尽白。

是呵。雪域茫茫。
雪躺下去，是加工车间里上夜班的母亲新生的皱纹。
雪站起身，是握着勺柄的外甥偎在姐姐胸前滴着清泪。

原载于《星星·诗歌原创》2019 年第 9 期

1

一朵雪花可以飘多久

那些被我们赞颂过的雪花
最终会从我们手中
飞走，像一只只蹁跹的蝴蝶
围墙旁逗留，溪涧上空翻飞，然后
跌进荆棘，一点点融化，直到消失
直到有一天我们读到某一篇诗文
她们才一片片复活，从字里行间
迎面飞来，像久别重逢的老友
走过来，亲切的问候
又像是一根炽热的接力棒，传递给我们
让我们在没有雪花的时候
也尽情挥舞着洁白、爱与憎恨

2

冬夜，听阶前滴水声

恍惚中，我们就置身这样的尘世
这样的尘世只有石屋一间，这样的石屋
只有青灯、古书、陈茶相伴
这样的尘世，没有门，也没有窗
我们在石凳上坐下，发呆，听雨一滴滴落下，像旧友
黑夜中赶来，深一脚，浅一脚
我们知道，也确信他终会赶到
但就是不知到底何时，我们听着，雨滴，一滴滴
落下——像酒，越酿越醇厚
又像醉汉，摇摇晃晃着，最终栽进了啊，那无涯

原载于《延安文学》2019 年第 2 期

敖运涛作品

1

少年梦

年龄，筑在时间里的故宫。

重来：我们用年龄筑成故宫。

世界不承认。

世界是新的。

分分钟新。

你有什么全宇宙知道。

重来：你有什么想法不是宇宙知道的。

世界是一分钟。

你只是五十九秒。

中国少年的鸟在天外。有一秒钟，
少年想象大地比父母天真。

天真是一种飞行器。

原载于微信公众号"作用"2019 年 10 月

我要去看，草原深处那匹马

我不会去骑

景区骑马处那些马

我觉得那些马，已不是马

那些骑马的人

也不是骑士

更像一袋袋面粉

我也不忍去看那些马

我一看到那些马，就想起

自己，或者某些人

我要去看，草原深处那匹马

广阔的草原上，就它一匹

静静的，低着头

眼睛明亮，蹄子干净

身上没有鞍和缰绳

只是一匹单纯的马

我就喜欢

看，白云喂给它整座草原

看它挑好的吃，挑嫩的吃

吃得撑撑的

肚子疼，不知着耻

看它，尾巴微微扬起

屁眼翕动着

把一坨坨马粪，吧嗒，吧嗒

盖在一丛白花上

2

黑米

酿的酒酸了

开始以为是米的问题

后来觉得是曲子的问题

又猜是器具的问题

再酿一坛

淘米时

一粒黑米扎眼

恍然大悟，原来

黑米才是最大的问题

挑出来

扔进垃圾桶

一下子，米干净了，白了

可那白，怎么看

也不是大米的白

而是黑米挑出来后

留下的白

原载微信公众号"笨水养鲸鱼"2019年10月

1 十月末的歌行

阳光下，我看到自己
日渐磨损的部分
透亮的微尘
十月底，草的波纹返青
当冬衣未洗，夏天就开始陌生
许久不曾耐心地生活
这是我的过错。窗外，四点
草地属于银杏，澄澈的金
玉兰树和孩子在奔走，静默
投下同样的影翳，他们
深信自己能够幸福
一年或一天

十月底，草上正有人向我跑来
年轻使我们看起来像一个
不断误用的比喻，可惜年轻
不是修辞。我想在另一片云下
最终和你相识，透亮、恒长的
光线里，有我未知
又痛快的一生，不再磨损
只有尚未履行约定的部分

原载于《扬子江诗刊》2019年第4期

伯竑桥作品

假如现在就是死的时候，它也是最幸福的时候。
因为我害怕我的灵魂此刻享有如此绝对的满足，所以
在未来的未知命运里将不再有像这样的安慰了。

《奥德赛》第 2 幕第 1 场

布非步作品

清晨来得特别早，异国的天空
是凉薄的蓝；是怯懦者眼睛里的空旷
寻鲸的路上，海豚一队队跟着我们的
船只，舞娘一样舞蹈，这些艺术家
内心也总是有一种远离此地，独自
漂荡到海面上去的感觉
哦，我原谅一切，原谅
无处安放的悲伤与喜悦
原谅昨夜拍击到梦里的海浪
和伦纳德、伍尔夫在 1909 年听到的
海浪声一样有着"深沉的阴郁"
我想象如何把你移植过来
成为鲸鱼背上翻飞着、追逐着的
浪花
而只有这些诗，这些无用之诗
涂在缥缈的海域，它们像誓言
祖母绿的时间中
游轮的吃水线一再下降
在印度洋，我需要与一滴水达成和解
——人世浩瀚，不如我在此处爱你

原载于《作品》2019 年第 4 期

2

缄默

——给卡蜜儿·克洛岱尔

如果余下的仅仅是缄默
那么这不断被驯服的黑暗

"我将我所有粗暴的个性赋予他，
他将我的虚空给我交换。"

而僭越的边界在哪里？水仙的少女
我听见自己的心跳，躲避神谕
如同躲避维尔纳夫的月光
丝绸一般擦亮每一条街道，和

每一株夜游的行道树
塞纳河已漫过意大利大街

一一三号就像从未存在过
我的双腿，哦，我感觉不到
它们是我领导的一次起义
有人楔入我的生活
就有人知道：
所有熟稔的笑脸，将被逝水所伤
亲爱的，小保罗。孟德维尔盖的
花园是一座行走中的墓碑
"每一朵花需要像竖琴一样
被雕刻的时光徐徐打开——"

原载于《作品》2019 年第 4 期

布非步作品

021

1 　鹰飞过的原因

你看见夜晚的山，一路的崎岖
和深坳
只有看见树的色彩时才会欢喜
携带的诗只为了长夜
去爱所有的姿势
他们飞过时眼睛里也是慈悲的
去祝福满树的枝叶，缓慢犹豫中
也有鲜活的气息

记录下属于长空的姓氏和口音
谁都有合适的位置
生命是一种减法，已成定局的
就在定局中消隐，无声无息
疾病也是，衰老也是
从游戏中散去，从搏击中撤离
英雄的孤独无比辽阔
这是他们一次次，落日一般
降在山坳的原因

原载于《作品》2019年第3期

蚂蚁的传说

爬上纸端的蚂蚁必然是深刻的
它失意于蚁群
它没有居所，将长久孤苦伶仃
清醒时，逃窜
或逡巡
柴米与思想之间
总生长着某种古老的敌意
偶然的，是运。合适的位置
成为美好的注脚
必然的，是命。谁弹出一指
或玉殒香消，或沉沙折戟

原载于《作品》2019 年第 3 期

下棋

我和旧人下一盘棋，
交换彼此所拥有的天下。
我们都先派出兵，赠予对方
这些小玩具，回忆童年
所搭建的小城堡。再接着一步，
则是走炮。我们吹过的牛皮，
是跨越楚河汉界的试探性实验，
警示我们应沉稳。野马出动，
所有的野日子，奔腾于
无经验之谈。我们拾起错误，
让脱缰的野马，成为
被驯服的猛兽。此刻出车。
前方的荆棘，是战车
碾压的对象。我们互谈，
没有象，没有士。我们都脱下
王的帽子，我们都愿意输给对方，
让对方成为更强大的王。

原载于《飞天》2019 年第 9 期

曲线学

脱离直尺的栅栏，鸬鹚
飞入海洋的图纸。这曲线的形成
是沿途，捕捉鱼群的笔法：
往下冲击，风为最大的阻力
这刚强的盾牌，不必去直接撞击
绘制曲线，漂亮地避开所有物
从一张纸，模拟我所经历的
从上面的每个偏离曲线的点
找到遗忘的风暴
——从出生到现在
借助曲线，我多次轻易捕捉到鱼群
但也慢慢地陷入了
风平浪静的弊端：
雨突然变大，船杆的磨损
使自己陷于风暴当中，摇摇晃晃
绘制曲线，也绘制曲线的周围
熟悉每一个点，像船长
把握风暴的变相，让鸣笛
填平在海洋与陆地之间
纸上的每个凹凸点

陈航作品

原载于《散文诗世界》2019年第9期

1 | 一人书

他练习跳跃，摘到梨子后，分给了
跛足的二战老兵
木材在等待锯子，而锯子在等待一场战役
他多年都不会飞了。在废弃的伐木场
耳朵里长出一朵大蘑菇
在夜里，有婴儿哭泣。他记起曾经的国度
缺一位英雄。也缺一名裁缝。他懊恼极了
像是从来没有建起他的国
他希望有座菜园，做蜻蜓的微型机场
他希望有架梯子，直达天堂
他的体内有一匹马，老马，偶尔发情
他打算去趟莫斯科，如果莫斯科还有黄油面包

慢火车

2

每次回乡，
我都钟爱夜间行驶的慢火车。
卧铺里的交谈像是梦境，
车厢里，逐渐只剩下鼾声，

铁轨在歌唱。
月亮追了过来，
恰好是童年时，
割我耳朵的那一只。

此刻，
孤独的星球里有一列火车，
火车里有我的伤口，
在隐隐作痛。
这些年，语言变成了快递，
而我的表达，
尚需剥去重重包裹的松塔。

清晨，在熟悉的地名里洗脸，
陌生人在镜中，
偷去一张递时针的车票。
我无法补票，
也无法下车，
在越来越新的故乡，
我成为越来越旧的异乡人。

原载于微信公众号"小诗刊"2019 年 6 月

鱼类

醒来，便有了不同的气息
哀伤与音轨。卫生间，水的声音
是潮湿的开始。醒来了
你的身体便生了苔，你吸入二氧化碳
跻身卡带中循环播放
醒来，昏暗是部分调味料，而浮游生物弥漫
我们很快便一半浸泡在水中
另一半则投向车窗，看到无数的自我
他们上车下车，以出现与消逝
维持着巴士的生命。就如你时常梦见
拥有鱼鳃，任凭它一张一合。即使空无一物
即使无水。但都是为了生活。我们都一样
都在努力上坡。皮鞋、西服
鳞片光鲜亮丽，所以不免互相割伤

从一号线转入二号线
从一个潮湿的腹部走入另一个腹部
同样地拥有窗户和扶手
像蚂蚁搬运着无数忧郁的脑壳
我们在城市爬行，完成劳动
并且许久不做梦了，准确来说是

没有多余的语言。许久
没有谈谈菜市场，谈谈今天的天气
明天的早餐。没有松开领带
把所有的噪音勒在脖子以上
夜的流光在散放。我们拥有同一张脸
同等疲惫的形象，并在街道
反复穿过彼此

我们把呼吸藏在四月的水洼里
伴随枯叶的气息。任由风替我们
抚摸，抚摸每一块玻璃上的倒影
我们躺在同一张大床
你说那些都是我，模糊但是肯定

陈坤浩作品

原载于《星星·诗歌原创》2019 年第 9 期

1

假想

暴雨摘除寂静，黑，且让他悬浮如遮羞的梦境
沿着年久失修的闪电，依次确认
那些照亮自身的事物是否有着通天的命运
未能厘清的问题诸如此类：母亲的咳嗽与窗外的狗吠推心置腹
肉身以怎样的苟且构成我对灵魂的笃定

恍惚，像我平衡二者的联系——
唯有雨过天晴，我家门口才经得起青苔的反复推敲

2

河流记

形同落草为寇的悍匪，历经多次篡改后
最终，以汉江之名汇入长江
而曹操御批的"衮雪"则被博物馆镇压在璀璨的聚光灯下

有时，江河吞噬掉的秘密，顺着水渠输送到电站
我们只需按下开关，就能看见
那些桀骜的灵魂，勒紧生活的边缘
使那些原本就清晰明亮的影子，逐渐多了份往事的轮廓

原载于《人民文学》2019 年第 5 期

1 | 缓慢飞行

闻到村庄的气味
木窗子泡在雨水中，月光睡在桑林里，石桥上的青苔
墙边的月季。小女孩辫子上的红绒绳

闻到妈妈的气味。太阳下燃烧的麦秸
灶台边冬日的黄昏。屋檐上拱起的星空

抱一抱我。榆树上的半个妈妈。我是你人间的女儿
我是半厘米海水的悲伤
但不能让你闻到

2

夜晚是完整的
一个妇人，刚刚走过槐树下，槐花是完整的

白炽灯
失忆的闹钟
（屋顶是完整的，月亮少了一瓣。长出来的瓦草，在自己
的梦里飞奔）
是我看到的风。卡在窗户和门廊之间

搬运行李的少年是完整的
他打开每个房间
里面的人，好像突然活了过来；夏天少了一瓣，窗户是完整的

但是不能被打开
也不能。留有折痕

原载于微信公众号"诗歌月刊"2019年7月

033

1 拟形：岛

时机熟透；几张车票就折叠出新山水的座次。
手臂借宿的车窗，紧张了睡意。
它反复播放着出夜色而不染的绿植：
是被远方精心培育的枝与叶，
原谅了双眼的出笼。它们要比
种植在手机地图中的地名，出落得更为忠诚。
随路是白云移作浮生之渡的刻痕，
看埂上三五只鹤，围观耕地机。仿佛它们，
刚从土里被发掘，尚未适应飞翔的必要。
树与树间。丛林将湖水上锁。
客车嵌入一片崭新的迷景："花枝拂人来，
山鸟向我鸣。"后视镜缓慢删除城市的余光，
岛终于，占据了现实。而导游此刻，
正为我们谨慎地拆解地理中藏身的历史。
彼时雾气还盛，凉寒澡去钢筋铁骨；
远山托付给了岛群，一层覆一层。
（谜底亦可用作新谜面。前路，
又岂是那般好猜的？）

新鲜的我们该隐身古典渔客，

苦苦练习如何垂钓一座岛。

为无数群居的风，以及餐桌上的明星鱼头，

撑开迅速发育的胃口。这良辰，

要供人饱食自由与离情；

却难料美景下的伏笔已粗具眉目。

再不是整体了，是漂移的陆块，

将迎向各自的魏格纳。

未来的海面阔大。岛：

棋子闲敲越出计划的灯花。

原载于《诗歌月刊》2019 年第 9 期

1

蚂蚁

蚂蚁在镜头里

捶胸顿足，我要把镜头放到更大

一只更小的蚂蚁

才会出现，蚂蚁在我的镜头里

悲天跄地，直不起腰

更小的蚂蚁

在它身旁，一分为二，如果蚂蚁也有眼泪

那一定是

母亲的眼泪，一定是母亲

怎么呼唤

都没有应答——

如果我把镜头放到最大，我就会看到

一张人脸，我就会看到每一天

——每一天。都有一张相似

悲伤的人脸

荆棘重生还是荆棘。雨水
披在荆棘上，才是
雨水的样子，每一滴都欲说还休
每一滴都似难言之隐
人到中年
承认雨水也有脚，也会在大年初四
出入病房，成为我们所看见
雨水的样子——
我们要看见它在瓶中落下，才心安
我们要在病床前
听见亲人均匀的呼吸，才心安
我们用中年的脸，贴近暮年的脸
才心安……

惊险啊
雨水从荆棘落下
又一年

我们想说的，和你不想说的，连在一块儿
又一年

原载于微信公众号"灯灯等等"2019 年 2 月

1

写作

把自己砌进墙里

青灰色的泥汤从我眼里流下

像大地的女儿

你可知

在我的家族，我是最小的女儿

在神佛的祇堂，我却失去了性别

为了那一面有神性的墙

头抵着墙

成日里诉说我的悔意

不要叫我看花开

不要给我指越过高高枝头的月亮

在墙的隙缝里
大地呼吸，松弛着不再思考
我呼吸这些喻义
这些墙壁，这些汉语……

原载于《诗刊》2019 年 6 月上半月刊

1

樊南作品

失眠者、药片

有那么久了，我们终于变得轻松
习惯在一个人死后偶尔悲伤地活着。
母亲在收拾房间的时候，把它们放在
他的照片和他经常看的书之间
棕褐的瓶身已经落满尘灰。

很多年过去，直到现在，我还是能听见
祖父在幽暗中穿过客厅，到另一端
像孤独的父亲，安抚一个激动的瓶身。随后是
拧开瓶盖，按下饮水机的声音。
那些响亮的药片，经由冰冷的胸腔渗入血管
在一个空无的体内继续消耗着

最后完全无法安静下来。

大雪

2

从去年开始，你就盼望一场茫茫的大雪。
你甚至准备了今冬的劈柴、米酒、针织手套
一册善良而温暖的《金蔷薇》。
你向远方的朋友们一一致信
描述记忆中的雪和可能有雪的日期。

但是亲爱的，并没有雪落在我们窗外
我不得不提醒你关心天气的变化。
空气中凝结的水越来越重。
我们去江边，像一对恋人那样，挽手，撑伞
看雨中小城的江景：无数细小的涟漪
如水消失在水中。

但仍然不是雪的方式。
仿佛是一种审美期待
你怀着虚构的热情，参与雪的修建
孩子样的天真和脸红。
像对一件最终礼物的奢望
感到幸福而周身颤抖。

原载于《诗刊》2019 年 1 月下半月刊

1 故楚记

"这次回来,准备盖新房吧,
再不盖,蜘蛛成精了!"
他指着被雨淋塌的灶屋上阔大的蜘蛛网。
他告诉我如何处置满院白杨,
如何改造老屋,他为我细细算一笔账……
当年,他和我父亲一起卖年画,
一起去邻村偷粮,
去平顶山拉煤的雪夜,他们先后
跳进深冷的井水,
捞一只青色的水罐。
像古代的英雄。
此刻,他们佝偻在巷口,秋蝉热烈,斜阳明灭。

原载于微信公众号"捕风与雕龙"2019年3月

2

乱石

这些来自尧山、黄山的石头，

这些小雁荡、小峨眉，

这些在渭水、汉江，在通天河

沉者自沉、浮者自浮的石头，

这些被流水消磨

平凡乡愿的石头。这些梦里

深藏着寒武纪、白垩纪

热烈阳光的石头，就像我狭小的身体

寄住着昏睡的鲁智深，

而你一再用微笑冰封阮籍的哭声。

这些星光熄灭的石头，

这些胡乱堆积的石头，

就像一群哗变被斩首的士卒，

滚落满地的头，瞬间被野草吞没。

原载于微信公众号"捕风与雕龙"2019年7月

飞廉作品

秩序

1

"我的诗把我困在自己里面"
克服自己，就像克服整个时代
看着他人的双手，捧着我一部分的心脏

说出地火，也说出灼伤
说出环形山，一个闭合的呼救
听我哭诉，只有眼泪是秘密的容器
——言语已经怜悯了它自己

为了你，我放弃了海洋中波涛的秩序
愤怒中的良善，像矿工一样在暗处挖掘
我认出他的可贵，他的眼睛在讲述
如同日出

我重建着被自己损毁的宫殿，浇灌
用手缝漏下的河流，我的诗曾把水装在罐中
为了把它们捧在手上
我接受了损毁

原载于《诗潮》2019 年第 4 期

1
福田庄

一次打盹能带你入梦，
也能带你去别的地方。比如我突然醒来，
发现被 6 路车带到了福田庄。

福田庄。
没想到 6 路车的尽头是这样一个村落，
没想到 6 路车除了送我回家，
也送一些来自福田庄的人。

四五个人在福田庄下车。
我重新投币，随车返回。
没想到福田庄不声不响等了我这么多年，
直到今天，才被我看了一眼。

2

鼻炎又犯了

鼻炎又犯了。已经很多年
没有犯过。然而在这个早晨，
当初升的太阳照在村头谁家的屋架子上，
锯木灰和着腊月的露水
从新刨好的房梁上飘落下来，
他就突然鼻子一酸，甚至酸到了眼窝子里。

这在从前，是不可能的事。
那时他的父亲爬过无数的屋架子，
在无数根房梁上，制造锯木灰；
更多的时候，是在自家院子里制造锯木灰。
木匠的家里总是弥漫着松树和柏树的味道。
他喜欢这个味儿，他从来没有因为这个
犯过鼻炎。

但是现在不一样了。时间过去二十多年，
时间让一切变得大不相同。
随着有力的拉锯声，锯木灰持续落下，
有些甚至飘到了他的额前。
逆着天光，他隐约看到那是一个
年轻的木匠，跟二十年前的木匠
没什么差别。他两眼湿润，鼻孔也
几乎堵住。他说没事儿，鼻炎又犯了。

原载于《四川文学》2019年第5期

1

隐身之难

夏日河岸，清风与柳树大谈兴衰之道
我废弃语言，让骨头替我说话
鸟在枝头韬光养晦
谁手持松针，指向隐痛的往事
低头，看见稠密的蚂蚁
正在形成教条，日落前
我隐身蚁穴，满街的人锈迹斑斑
这几年，我惊讶于舌头打结的厄运
与人间仿佛有缄口不言的契约
白鹭穿过新粉刷的墙壁
令蓝天瞬时倾空，从桥上离去
我看见自己隐身湖底
淤泥就要没过眼睛，这般的
昏沉沉，我感觉快要撑破荷叶
遁入金鱼的腹中，在那里
我将不会与谁再次相逢

她告诫我不能打开黄昏
宿舍楼的阳台，正对着一个湿润的天气
被雨滴穿透的睡眠，令我熟稔
云层深处的寂静，如果我咽下所有的噩梦
在书桌上漂流，那么黑夜的意义仅仅是
让我回归空虚，回归一首诗的尺度

鸟鸣在革命，在孩子们的耳朵里烙下印记
年轻的诗歌写作者，听凭"语言的可能性"
艰难地辨认自己，并且观察他人
该思考哪些细节呢？福楼拜没有告诉我
一天里的某些时辰，我重复走向日落

日子无名，那种永恒的疲惫却真实存在
天黑下来，世界凝视我们，忽明忽暗
像海上浮冰，聚集在一起，透明而空无
"你不能打开黄昏"，她的声音再次响起
"在黑夜的入口，你将被迫卷入一盏灯之下
你将被照耀，而失去自身的光"

原载于《星星·诗歌原创》2019 年第 9 期

遇见

傍晚了，还能听见石头与铁碰撞的声音
还能看见对面工地上轰鸣的凿岩机
卷起磅礴的灰尘
那些细小的泥色的颗粒
在古宋河畔形成一种熟悉的景象
我说的是，我看到了
炊烟一样散漫升腾的旧年
但工地上已没了灶台，也没了看火的人
现在这里就是一片泥石混杂之地
就是一片拆除待建的废墟
如果夜再深些，这种肢解的声音
会更加深入骨髓——
石头上溅出星火，仿佛一双双怒目的眼睛
破碎的石头，每一块都身披凌迟的刀痕

2 | 与己书

喜欢临江而居的不只我
还有陡峭的山崖、色彩斑斓的蝴蝶

因为喜欢，所以我把
每日途经的岷江，比作一处更大的放生池

这些年，我已轻车熟路，不借助外力
就可稳妥地将自己，投进去又捞回来

热爱愈发强烈，看山崖如看藏经楼
看蝴蝶如看可爱又笨拙的小沙弥

我的尘世就是人影绰绰的北大街
我的人间就是车水马龙的宜宾城

我想随流水奔赴，向大海朝圣
我想在我的祖国腹地磕一回长头

原载于《星星·诗歌原创》2019年第2期

高亮作品

高权作品

1

一座山载着故乡的泥土，隐藏在人群中
他的喜悦，像一枚铜钱一样轻
他的痛苦，像万两黄金一样重
他路过的地方，桃花红啊杏花白
在他身上从未生长过，这些异乡的草木

一座山显得多么渺小，当他迷失在
城市的楼群中
他身上的树木，用来装饰了房屋
他身上的石头，用来铺设了道路
他再也听不到喊山人的呼喊
他那历经沧桑的脸，任春风多情地吹拂

一座山离开故乡的兄弟们已很久了
那山顶的小庙，也已年久失修
那住在庙里的神，还没有离去
还保佑着故乡的土地风调雨顺
而那故乡的土地啊，早已无人耕种

一座山的乳名很久不被人提起了
路过一座陵园的时候，他自带着坟墓

2

与我同向的风

于上千种风中，有哪一支风
它只与我同向
它只为我一个人吹着
从我的近处，吹到她的远方
它一年一年地吹着
把三月的落英缤纷
吹成十二月的白雪苍茫

在千万种风中，唯有这一支风
它只为我吹着
像吹着一棵飘移的树一样
它只为一个人吹着
像吹着一条没有归宿的河一样
不是所有的种子，都渴望结为果实
不是所有的河流，都梦想流入海洋

原载于《延河》2019 年 7 月下半月刊

1 | 蓝

多少次，我注目这纯粹、深远的蓝
群山之上，宁静的蓝色丝绸
带着天堂的闪光
倒映尘世的草木、峰峦、沟壑与芜杂

面对惊心动魄的蓝，万物收敛了喧哗
连一只鸟也尽量低飞，似乎
担心翅膀的欲望会擦伤天空的清纯

我在一块石头上坐下，蓝，那么近
仿佛一伸手，就可掬一捧，浇到布满尘埃的头上
仿佛一纵身，就可跳入那浩瀚的蔚蓝

就这么坐着，什么也不需要说，它就懂得了
一棵草木承受的伤害
就这么坐着，魂魄就渐渐得到了修复
像母亲温柔的怀抱，止住了内心的滂沱

原载于《星火》2019年第5期

2

拉二胡的人

琴弓搭在日子的深巷上，摩擦
拉他比纸薄的命
悠长、悲切、丝丝缕缕的痛
飞扬、低回

这个盲人，用弦索诉说
用音符抚摸人间的坑洼，一把
历经风雨的琴，三十年走街串巷
冷和暖，都用琴声收藏

一抹黑的世界，拉出了悲悯和星辰
躬身坐在地下通道
身影像一把琴弓
搭在命运的琴箱上，拉着人间冷暖

原载于《品位·浙江诗人》2019 年第 2 期

一月想起故人

雪和花结伴而行，深冬里
没有猫诡异的蓝眼睛和狗流浪的表情
它们去了哪里？你离开之前
并没看过死神的脸，读经、写字
用语言塑造一个洛丽塔
儿子早恋，你笑得像任何一个
男孩的父亲。以前说起他的
懦弱，你的叹息会像枚钉子般落在地上
那声响正改变着什么，他长高了
像村里的柚子树。那里住满了
让你随手就能填饱肚子的柚子树。你分居
多年的妻子，让你睡在柚子树下了吗？
老房子面朝大海，你说要在这里变老
用海水洗掉这尘世的泥垢。可现在
人们正在忘记你，而你的书法展无疾而终
像你和这尘世诀别的
方式一样

保
守
甜
蜜
的
秘
密

2

他把手指放在唇上，禁止我
说出好消息。
"在成功之前，要保持沉默。"
"像保守甜蜜的秘密吗？"
"别引起别人的嫉妒。"
我们在对话里揭示生活的危险性。
我捂紧自己，避免秘密
像光阴一样被偷走。自那以后，
我就学会了关闭嘴巴。
虽然有时它张着，但你知道，
它是空荡荡的。

原载于《诗林》2019 年第 1 期

1

关灯

我要关掉所有的夜灯

包括漂泊在海上的渔火

我关不住散开的星星

关不住能发出金色声音的月亮

我让这个黑夜回到森林

让所有的老虎和狮子找到合适的猎物

我先关掉城市里的灯

留下看不到的拥挤、看不到的

容颜，留下想象的广阔

我还要关掉乡村的电灯

留下月牙守夜

留下打铁老汉的火星四溅

最后，我想关掉整个黑夜
让所有的灯火失掉它的光亮
让所有害怕灯火的动物回来
让它们在奔跑中渐渐发觉自己的野性

午夜，我被大街上的灯火吵醒
我发现，我只是关了自己的灯

原载于《诗刊》2019 年 5 月下半月刊

1 | 云隐

乡下的菜园子，搭建的木架上挂满丝瓜，
来客人的时候，就采摘两根，作为中午的菜肴。

没事时，就在园子外坐着，一张矮板凳，
一本《异乡人手记》，随手翻翻，遇到好句子，
就轻吟几声，同时，把园子里的黄瓜、茄子、辣椒，
在心里过一遍，这样，它们就有了雨后的清新。

也常站起身走走，拨弄下冬瓜花、喇叭花，抖去露水，
待它们凋落时，就捡上几片，夹在书页，或给堂上的老母煮茶。

2 凝言

那是去年夏天了，你还在柳州一座锡矿厂
工作，埋头于粉末实验，查找各类数据。
傍晚，你拖着疲惫的身躯回到住处，
房间闷热，你伸手拍向蚊帐里的一只蚊子。

在日本，平安时代，有一位歌人的女儿，
喜爱夏虫，读着故事书的时候，放任它在
书本上往来跳跃，而纳博科夫说，吃掉它！

不知你是否记得，我乘一辆慢车去过你的城市，
并在你的陪伴下，参观了当地的历史博物馆，
休憩期间，我们坐在外围的草坪上纳凉——

远处有一个水池，一对新人正在那里拍照，
新娘穿着白色婚纱，若桃子罐头里的两块果肉。

原载于《星星·诗歌原创》2019年第3期

侯存丰作品

1
九四年的脸

他赤身而坐，缓缓拆下那张
九四年的脸。打开衣柜
挑出那个众所周知的男人。他披上

相机认出了他，办公室认出了他
整座城市都认出了他。他得以推开
一天的大门，一整个秋天的大门

大风袭来，大风中万物赤裸
他也突然赤裸。身披的男人吹落在地
只好回家，只好拿出九四年。他披上

人人都绕过他，只为那个
摔亡在地的男人伤心。相机绕过他
办公室绕过他。整座城市都绕过他

他席地而坐，缓缓拆下那张寒冷的
九四年的脸

2

刻舟求剑

教室中的一天
我们模仿老师的嘴型
以绕梁童声，奋力嘲笑书中那个
丢了宝剑的楚人
流水汤汤。连舟舷上的刻痕
都因焦急而偏移了两寸
天地间，仅楚人轩轩然
迎水不语。至岸，舟停
从刻痕所在，楚人入水求之

后来的一天
三五子相携，我们赴旧地重游
教室俨然，装潢如故
在一张布满划痕的课桌上
我们终于找到了
自己的位置。正襟，步停
依刻痕明示，齐人徐徐落座
绕梁多年的童声
终于觉醒。如一场苦等的大雨
它们一滴一滴
朝我们袭来

原载于《星星·诗歌原创》2019 年第 7 期

鹰

小燕，我知道天空那只盘旋的鹰

永远不会掉下来

可是小燕，我多想让它

一头栽到我们的小院里

生命中有一只鹰

并不是多余的

我多想让自己就是那只鹰

飞不起来，就拍拍翅膀

踏不进云海

就在地面上多走几个地方

多种几亩高粱

这就是生命啊

小燕，我多想让你也分享

这只鹰的理想

小燕，我多想让你

也注意到云层上的那一片天光

小燕，你坐在门槛上

淘米、择菜、洗衣裳

黄昏降临了

你轻轻地把院门合上

2

冬暮

自动售货机已经空无一物

孩子们在列队

经过红色的加油站

天已经黑了

雪开始渐渐覆盖栅栏后的草坪

有一个人穿过天桥

要到马路的对面去

手插在温热的裤袋里

有一盏灯亮着

有一本书翻着，页码是四十三

书上空无一人

有已经结冰的水池和早已枯萎的花朵

有还未打烊的蛋糕店

有冒雪运送蔬菜的汽车

有一个尚未进入的院落

在某个陌生的拐角处

有一只看不见的手

在抚摩着金色的头像

有个人看着我，不必在战争中死去

有半数的城市还这样生活着，不必去杀死另一
个城市

有厚厚的雪，雪不一样，是别的东西

雪覆盖，在干它自己的事

江非作品

065

原载于微信公众号"送信的人走了"2019 年 7 月

1 | 天真的经验

那个孩子，沮丧于没能捉到蜜蜂，
他的玻璃瓶仍是空的，
因此，晚上他的梦中盘旋着蜂群的嗡嗡声。

也许在未来他会有一片油菜花地，
甚至，成为一个养蜂人，
指挥着成群的蜜蜂进入不同的蜂箱。

谁能知道这些呢？
在数列般漫长的生活中，
究竟是有趣，还是失望多些。

但现在，一切似乎都是新鲜的，
他对世界的认识，
来自对小镇的车站外的想象。

他还没有成为自己的骑手，
还没能控制雨水的缰绳，
而他将在错误之中捕获经验，那有限的一跃。

2 蟋蟀在唱歌

当最后几片薄暮褪尽
蟋蟀开始了歌唱
先是在我童年的瓦片下，带着
早晨永久牌清亮的音色
然后，是在废弃的冷轧钢厂歌唱
蛛网将它的声音
凝结在历史亦真亦幻的露珠中
它在高架下歌唱，上面
厌倦了应酬而急着回家的尾灯
画出了红色的弧线
它在我们时代致良知的困扰中歌唱
也在没有任何保险的穷人屋檐下歌唱
安抚着夜半婴儿求奶的哭声
它在墓地歌唱
在来不及清扫的战场上歌唱
那里，相互搏命的敌人拥抱着倒在一起
城镇的灯火，像悬浮的岛屿
远处，风中浮动的蛙鸣和秋虫声
交织起另一片灯火，托管了听觉的迷宫
在夜的穹顶下，它们唱着
一棵棵树像一座座塔林
庄严、肃穆，静立于交错相生的梵音中

原载于微信公众号"捕风与雕龙"2019 年 5 月

江离作品

1

进山

进山，腿脚竟已力不从心
好在心里早就揣着山水，揣着白云
薄雾微风，模糊了记忆的鳞片
转过山口的刹那
看见少年的自己，一双溪水般的眼眸
盛开两朵小小的火焰
此刻，一只鹰
在山顶盘旋墨绿色的孤独
几声鸟鸣，叫不醒大山空阔的背影
山脚下，两三人家零落
锈迹斑斑的门窗，道破西风
哦，岁月，你手持令牌
能否还我那赶山的羊群
还我日出而作、抱山而居的乡亲
一起来证明我的身份

2

向着大雁的天空

蒋戈天作品

子夜，天空藏起镜子。幽暗的寂静里
突然滴落几声雁鸣
让人忍不住抬头寻找它们
举起的小小灯盏
这可是去冬迁徙的那一支队伍
再次路过，不忘打个招呼
大雁，用持久的飞行证实了远方
而我们困在原地
渐渐丧失了向远之心
就像白日，惯看于少女对着桃花
互认美人；惯看于
街头巷尾的小商贩
为了鸡毛蒜皮，争得面红耳赤
与其低头走路，让脊背一直弯入尘埃
何不暂停一次，一次
打开心，向天空交出仰视
交出火焰和泪
交出火粒布施的热血
交出每一滴泪中，埋藏已久的羞愧

原载于《诗歌月刊》2019 年第 2 期

1 江水变轻

江水变轻，旋涡变沉，
浪涛淹没行船的过客，
车辙、铁轨、鸟啼，都是过客。
巨大的寂静覆盖，绿叶摇摆。
江水躺在我的脑域，逐渐拱起、占满，
起伏，落日熔金。
它托起我，想飞。

水滴溅出，扑过来，
怀有难言之隐。
于眼前破碎，行进中醒来，
我感到，你向我涌来，
镜中，留下碎裂的面孔。
信息如波涛，我获得了关照，
惺惺相惜的两岸。

原载于微信公众号"小诗刊"2019年3月

尺蠖

爱上一个农药厂里做工的小伙，和他的
眉毛，两片马马虎虎
粘贴上去、槐树的叶子。
隔着玻璃格子花窗，春天这样地摇荡
吐丝一般慵懒。
然而春天是致命的，就像他松垮垮的蓝色工装
上衣的口袋，纽扣随意地松开
他慢慢地拧开瓶盖，散发诱人的杀虫剂气味。
春天的窗外，因为爱得真心
一只尺蠖娇羞无力，放松了身体和警惕。

蜗牛

2

五月的田地里结满了豆荚
只有蜗牛的头上，还顶着两根菜花
哦，孤独的王子，一个国家在它背上
已成为一个忧郁的包裹

而诗人是在南方，在杜英苦涩的枝上
注视虹扭的小小螺壳
最慢的闪电，在一寸寸抽出
最后的家园飘起来，如同心思幽暗的叶片

原载于《星星·诗歌原创》2019 年第 4 期

1 | 含羞草

轻轻拿手指点一下
叶片便快速闭合，再点，下一枝也快速闭合
像是训练有素的表演
像是取悦
我越点越欢，所有叶子都蜷缩起来

想起《辛德勒的名单》
德国军官拿枪口指点着犹太人
穿红衣服的小姑娘避开人群
闪身跑回居民楼，她跳进木箱啪一声合上盖子
整套动作行云流水
多像是取悦
多像一枝训练有素的含羞草

我们都以为含羞草快速闭合叶子
是因为害羞

仿佛大马士革城经受了什么
那些飞翔的种子就能
填补什么。她在废墟种花，她将拥有整座花园
她久久仰着头
花朵朝着天空喷薄——

神在那一刻降临
附身于世上最小的花匠

原载于《诗刊》2019 年 12 月上半月刊

1

青瓷

见你。我从不

遮掩

该硬的硬，该刚的刚

也有软的地方

当你说起

故乡。我泥质的心就有了

瓷的温柔与光泽

想你

是一个遥远的名词。是月夜下

峥嵘的时光

在我出火窑口的那日起

遇风

一层一层地碎

这人世间开片的疼和伤

我也从来不向你

隐藏

2 十年

我才知道，时间的
短暂。
一天，也就一个上午或者一个
下午。也就那么一根烟、一壶茶或者
一局棋。
许多的事都在重复。
而白发攀上你的枝头，岁月的纹路
在年轮里添上沧桑。
现在
我才知道与你的距离。
从一座城到另一座城
从一片飘零的叶到另一片飘零的叶
天一黑一亮
我想你，又是十年。

原载于《文学港》2019年第1期

1 | 月亮

康雪作品

过去和现在的，是同一个月亮吧
你看到的，和我看到的
也是同一个月亮吧

"那么小的月亮，
却是怎样的无所不能。"但有时我们也
需要用痛苦擦亮这祖传之物是吗

多珍贵的月亮。善良的月亮

只有它能伸出洁白的手指，轻易地
拿走我们之间的距离

2 水边的阿狄丽娜

——献给母亲

亲爱的塞内维尔先生
我今天遇见了阿狄丽娜。她戴着斗笠
在雾中的菜地里摘辣椒

在此之前，她已经把所有的露珠
从粗糙的黑夜里剔出来了
这些透明的小肉体被重新安置在
草叶上

像二十八年前的婴儿被安置在
舒适的摇篮里
她还唱歌呢。她从未弹过钢琴的手指
如此灵动

但她还是老了。甚至还有轻微的
心脏病、高血压
这真让人担忧，尊敬的塞内维尔先生

希望你还如我一般深爱着她

原载于《星星·诗歌原创》2019 年第 3 期

1 院子

种些什么好呢

矮墙低低，可以攀爬满绿藤

银杏树应该不错吧

下面安张长木凳

时常去坐坐

秋天叶子沙沙落下

我也不扫

小小的雏鸡

像只绒球

在扇子一样的叶片间

滚来滚去

2 旧日窗前

夜晚在园子里收衣服

静而安详

林子沉默

风经过的时候

才动下叶片

又见地上微微泛着幽白的月光

玉米隔着低矮的土墙

把影子投过来

就在那屋子的深处

我再次看见你们

多少年了

旧日窗前，旧日灯光

依然在细细的雾雨中，一点一点茫茫地黄

原载于《星星·诗歌原创》2019 年第 5 期

1

好好爱这尘世吧

黎光作品

搁下远方的问候
窗外有下班的足音
飘过

坐在电脑前
默默地，在键盘上
敲出阳光和花朵

一个与文字厮守的人
他懂得如何
在板结日子里抽出柔软来

好好爱这尘世吧
趁着还善良，还胆小
还知道吃饱放下筷子

2

此刻多么美好

暮雨中爬行的白色花
柔软的青色手腕，把欢乐
编织成松弛的闪电

井场里，阳光成为不可多得的营养
从快乐的发动机上，我能够嗅到
一种掺着柴油的喜悦

蝈蝈在蒿草间张开小嘴
唱走丝扣的忧和钻卡的愁
天边火烧云，轻轻拭去
二层平台上的水痕

此刻多么美好
秋风悠远，远山空明，钻杆抱着钻头
土地在轰鸣中进入梦乡

原载于《北方文学》2019 年第 10 期

黎光作品

1　叙旧偶记

一匹穿行在都市的铁马
岁月轻松地粘贴在车轮上
马背上的目光　还在远方
或许远方的远方基金会
才有最后的光芒　点燃黎明

这些云　在若干年后没有散
那些雨没有散　只有一行足迹
蜿蜒在天路的下面
留给岁月一个渐行渐远的背影

很多照片　和我一样
相隔不是很远　也不是很近
也许觉得这些字　可以升值
可以让别人高看一眼

很多身边人走进去　又走出来
没有多少变化　男人还是男人
女人还是女人　唯独我
在门岗反复地填写拜访登记

我不是石头　他们也不是
只有鲁迅的名字成为石头上的一缕光辉
让那些呐喊和彷徨
在路上　成为一行足迹

原载于《延河》2019 年第 8 期

2

鲁迅文学院门口的石头

黎阳作品

1

我们从昨天启程

走高速，过桥，渡船

来到这花为蝶、草为水的地方

我们都想把诗歌种到树上开出鸟儿灵悦的鸣叫

可我在谈到诗之前，先说了女人、回家的车、酒

掌声响起来时，我发现诗歌原来是俗事喂养大的

于是我与诗人们大口喝酒

我们的脖子伸到了硬朗的气场

一仰，大口吞下的酒都成为诗歌的血液

直抒胸臆地流淌在嘶吼的快意和击掌为兄的相见
　　恨晚之间

当声音嘶哑，远离城市虚妄的灯火，诗歌有命了

雨一样豪放地飘洒在这以花为姓的岛上

我们以歌为名的诗，顺着雨打落的花香

流进三岔湖里变为鱼

自由了

清晨，在丰都鬼城江边打太极

2

风声止于脚步，我在江边停下来
昨夜的雪已化为水顺江流
江水清，不透
如果见底，看到的只能是泥或沙
真正的清澈，厚如镜
看到的是自己

我是尘世中随波的一粒尘
一直在逐流，这江水一涤荡
我想成为这江中一滴水了
尽管也随波，也逐流
但再高的浪，都是干净的
连鬼城判官手中的笔每勾画一次
都要在这江水里清洗一次
否则就有冤情

我打的太极进入收势
头顶的气沉入脚底，立地
打开的双手抱起一江胸怀
顶天的宽阔如此
那东地狱西地狱所有的刑罚
都不如这一江清水的洗涤

原载于《广西文学》2019年第10期

烟花冷

1

月光零碎地砌在石板上。石板沾染一种叫青苔的锈
这病没有痛苦，这月光无拘无束

烟花的亡魂在院中的水缸中伪装成一尾鱼
门后的狗安静地伸着白雾
我对着泥巴捏的菩萨，菩萨对着泥巴捏的我
我们彼此没有语言
——七岁的我不求神拜佛，神仙也不需要一个七岁的我

潜水爱好者 2

起初在村里的水潭，有成群的自行鱼、摩托鱼
它们颜色单一而亲切。大一点的有三轮鱼
有吃电的，有吃油的，还有吃蓝天白云的
濒临灭绝的皮卡鱼和拖拉鱼是旧时霸主
一条红色的桑塔纳鱼风头正盛

后来在镇上的水库，认得电动鱼、面包鱼
汽车鱼中肉质最嫩的是宝马鱼和奥迪鱼
三四十岁的大叔酒后常说起它们的滋味
彼时火车鱼已经进化到可以不吐黑色的气泡
三蹦子鱼开始大量繁衍

现今在城市的海洋，长长的地铁鱼挖着洞
挤上它的背，内心满是风声
磁悬浮鱼、飞机鱼、动车鱼、轻轨鱼、巴士鱼……
好多好多鱼，只是潜水的时候，心脏分外宁静

原载于微信公众号"送信的人走了"2019年6月

1

画师

他挥毫。山川逶迤,藏在一棵垂柳的
斜对面,一个渔翁等待着将傍晚拿走
事实上,花鸟虫鱼都是
黑色的,画家不会将不可理解的世界
变成佛。我相信诸事诸物都在方寸间
窗外停泊的孤帆不可能
离开渡口,一如我,不会离开自己的
困境。他止了毛笔,端详,整幅画在
一杯茶中走动,里面蓄满静谧和滂沱

原载于《诗刊》2019 年 4 月上半月刊

2

独坐观日落

置身人群如同搁浅荒漠，我必须承认
自己的无力，承认悲伤和喜悦在体内
是两种动物。你看
落日在故人的怀里，白云流向了过客
唯有水电站，荒废这么多年还保持着
生机。而我们疾疾
路上，似乎山川无关痛痒
似乎一阵风能把我们吹走，薄命如此

选自《人民文学》2019 年第 4 期

1

四月，在岸边等候一匹马

因南方，季候弥漫着暧昧与纠缠
雨丝交织的四月，如清明的肌肤泛着清凉
岸边的眺望多少心绪隐藏，午后的望海亭
像位驿丞，等待一匹马的书信

安静，海面如瞌睡的猫，所有的窥视
不过茫茫草原一阵柔风，波澜不惊
马驮着四月的鲜花如焰火，以及一些山海间
流浪着的星辰与梦

骑一匹马离岸，在嘶鸣声里漠视
沿途留下的伤痕，在海浪中浮沉
更多的未知正吐丝结茧，化作厚厚的蛹
等待挣破，如看到多年后的岁月

原载于《椰城》2019 年第 7 期

2

地铁里邂逅一段往事

云丛下一股股欲念反复挣扎
流浪到一座城，苏醒与酣梦间交织着
苦海与方舟，所有的青春悄然消亡
如一场日落，跌进山麓的熔炉

我们相逢在彼此途中，目所能及处都哽咽着
逼仄的迁徙，繁衍的情分，疲乏的心跳
在苍白的眉目间遮掩闪烁，人潮涌至
像一窝啾啾不止的虫鼠，喧嚣，却无人品读

这些斑斓的皮囊流窜，成为阻碍视线的丛林灌木
那是一匹匹野马在此聚首，言谈不需要温度
我们的视线交触迅速错开，相见遗忘
而下一站是没有姓名的城邦

原载于《澳门日报》2019 年 9 月 18 日

1 | 我把羊群赶上冈坡

我把羊群赶上冈坡，
阳光在麦苗上驱赶露珠。
我用不标准的口号，
教它们分辨杂草和庄稼，
像你在黑板上写下的善良与丑陋，
从这一点上我们达成共识。
下雨了，你说玻璃是倒挂的溪流，
诗歌是玻璃本身。
你擦拭着玻璃上的尘埃，
而我正把羊群和夕阳赶下山坡。

2　自画像

可以叫他山羊，也可以叫他胡子。
在尚店镇李楼村，
他走路的样子和说话时紧绷的表情，
常会引来一阵哄笑。
如果您和他谈论诗歌，
他黝黑的脸上会掠过一丝紧张，
他会把您迎向冈坡，
羊群是唯一的动词；
它们会跑进一本手抄的诗集里。
说到风，他的虚无主义，
会掀翻你的帽子，揪紧你的头发。
你可以站着。或者和他一起坐在大青石上，
而他正入神地望着山峦；
像坐在海边的聂鲁达，望着心仪的姑娘。

原载于《诗刊》2019年2月下半月刊

李松山作品

1 无人之境

建造一座
词语的城镇

逃逸的词语
是远走的故人
一个词是另一个词的道路
一个词是另一个词的渊薮

要很多诗行，才能感到暖意
才能度过一个万物复苏的春天

多么残酷的季节，插下的木棍都会发芽
隔世的桃花绚烂盛开，赤地之上白鹭栖息
却无法生长出另一个人，城镇的另一部分

只能花再多一些时间，造出一艘船
在风和日丽的午后，目送它，独自远游

原载于《诗刊》2019年6月号下半月刊

1

达拉维

我们走在一片垃圾场上
这儿原来是一片池塘
走在上面我有明显的下沉感
然而奔跑中的他们没有
他们还小而且瘦弱
一只风筝在半空中飞
他们追着那只风筝在地面上飞
第一个抢到它的人
拥有下一次放飞它的权利
我知道这需要比拼
风筝落下那一刻的判断力
追逐的技巧，和征服贫寒的勇气
一个男孩在那场追逐中胜出了
他站到隆起的垃圾堆上
羞涩而骄傲地向我们展示他的胜利
那的确是他的胜利，以及
我们这辈子再也拥有不了的胜利

十点起，照例去小店过早
照例一碗热干面

旁边，已经坐了两个老太
一左一右，边吃边聊

一个说，儿子刚移民加拿大
另一个说，儿子英国毕业
在北京八年，前些年去了澳洲

边说边拿出手机，划拉照片
同时口中念念有词：
这是歌剧院、音乐厅、唐人街

我不如她们的儿子那般出息
远渡重洋，成了"洋人"
我只是从农村来到了城市

但我的母亲与她们倒有一比
年龄相仿，口气相似
谈起我时必满脸幸福，且左顾右盼

仿佛，只有在谈论之中
她才拥有一个确定无疑的儿子

原载于诗集《三餐四季》（文化艺术出版社，2019）

乌鸦

林珊作品

夜读阿信《那些年，在桑多河边》
读到他此般描述乌鸦：
"与一只乌鸦的隐疾对应，
我多年的心病，是不能陪它
一起痛哭。"
我曾在七月的清晨，在夜宿的庐山山顶
遇见过乌鸦（哦，不仅仅是一只）
它们盘旋在芦苇丛中、琉璃瓦屋顶
发出"啊，啊，啊"的叫声
我从一场梦里惊醒，赤着脚
透过窗帘的缝隙，数了数
哦，一共有二十三只
体积庞大，羽毛光滑
那黑色的闪电，突如其来的旋风……
此后一整天，我并没有开口谈论乌鸦
"当你看见了乌鸦，记住千万不要惊动它……"
我的外祖母，犹如村庄里的先知
这些来自童年的教育，让我多年以后
仍然心存敬畏。仍然忐忑于
一群乌鸦，同时出现的深意

梨花

林珊作品

我曾目睹一树梨花凋落的过程
在寂静的暮晚时分
一枚花瓣突然落下来。然后是
第二枚、第三枚……
我曾趴在墙角观察过一群迁徙的蚂蚁
在童年的村庄
它们排着整齐的队伍，浩浩荡荡
从低处迁往高处
就在昨夜，我梦见在田野里劳作的母亲
她有年轻的脸庞，清浅的酒窝
两个孩子曾在她出门前，异口同声地保证过：
不下河抓鱼，不上树掏鸟窝
后来，更大的那个孩子，蹲在灶前烤红薯
柴垛突然失火。两个孩子在哭……
母亲推开了院门。矮墙外
天空开始下雨，蚂蚁还在迁徙
梨花还在凋落

原载于公众号"好久不见"2019年8月

1 清晨

什么都不用去想就能睡去
是件多么幸福的事情
有多少个黄昏就会迎来多少个黎明

世界在一场雨中醒来
路过的小水坑都是干净的
蜘蛛网挽留了一些水滴
主人早已不知去向

该落下的都已经落下
包括亲手拔下的羽毛
此后继续在溪边用裸翅练习飞翔

一切看似那么心安理得
每颗露珠都塞满了小念想
在白天消失夜晚重生
没有人会知道——

林少杰作品

空寂

子夜会将一个人的灵魂彻底打扫一遍
再从身体里搬出山野，放出飞鸟

黑夜有无比珍贵的光亮，天空并无高低
我们忽略了如此之多的触手可及

在子夜，掏空欲念的人会拥有一次
自由的飞翔，尘世慢慢矮下去

让做梦的继续做梦，清醒的更加清醒
一具色身不会因为呼吸而感到内疚

原载于《品位·浙江诗人》2019 年第 1 期

1
研磨

握紧这磐石——
这严丝合缝的锻打与旋转
时光之眼，漏下水、夕阳
和一颗豆子踉跄的步伐

而你拒绝了秩序
顺时针 w 行走，又倒回来
琼浆渗出，画下苦涩扇面
像一个人耗尽半生
终于觅得空门

这便是宿命？
你欢喜于神秘力量的操控
又叹息着眼前白玉混沌

只有水在流，它不打算回头

2

我们都是旅人

注定如此，我们梗在门口
讨论落雨的可能
青鸟何时赶来，飞过窗棂
一份漏洞百出的证词能否让夜幕
薄凉如纱，透漏天光

我们无可预知，但见文告上的星星
一溜儿闪现，想象中的银河
早已清空了那些悬空的背影

依据规定，我们就此驻足
需要从各自的褡裢里
取出花朵、虹
以及秘密的水声

原载于《诗刊》2019年9月下半月刊

刘大伟作品

1 一只鸟飞过江面

这样的景致过于简单，像梦
像醒着的眼睛，看阳光的影子
像蜀绣的针线，织着春色、秋景
织着山、水，以及之后
爱人的名字、绰号

再丰腴的肉体也抵不过时光
一只鸟飞过江面，平静的江面
我们都视而不见，像黄叶
枯萎的时候，寒意四起
可谁曾想到
那就是生活的本质呢？

一只鸟飞过江面
这样的景致虽然过于简单
像终究成为理想的水墨

一只鸟飞过江面，多像和谐的自然
不管是鸟飞过江面
还是江面飞过了鸟

篾匠歌

黄金的权杖和竹制的鱼竿
我会选择鱼竿，虽然不爱钓鱼

我会把鱼竿剖开
做扇骨，制造晚风
做风筝骨，支撑越来越低的天空
做孔明灯
最近夜里的星星
越来越少了

做竹背篓，去后山
把笋子放进竹背篓，把孩子放进母亲的怀里
你背背篓的样子，让我想到母亲

做竹篮
打捞水里的泪

原载于微信公众号"行吟者刘年"2019年1月

拯救，有时就是加害

他亲眼见过黑熊将小白羊撕碎

只留了没来得及长角的羊头

给迟迟不愿离开的母羊

是不是在干涉上天的旨意

——作为黑熊保护专家的他，常常忏悔

有一次，包扎伤口的时候

为了不伤及黑熊的大脑

他擅自减轻了麻药的分量

黑熊提前醒来，撕下了他的腿

——"放过它"

这是他最后一句话

黑土地上，每年都会落很厚的雪

黑与白，并没有敌意

白雪会把黑熊藏起来，躲避冬猎者

有时藏进去一头，放出来还是一头

有时藏进去一头，放出来的是两头

咬死黑熊专家的那头黑熊

被春雪放出来的时候，就是两头

母熊呼叫掉队的小熊

如同一个大词在召唤一个小词

小熊一颠一颠地跑过去

雪地上出现了一行诗

中途摔了一跤，滚了两圈

那行诗，出现了停顿和转折

2

大兴安岭的抒情诗

刘年作品

原载于微信公众号"行吟者刘年"2019年3月

在陶溪川

咖啡吧，一株石竹
在朝南的小窗上
躲着向晚的一束光
就像你，躲在我的心上

窗外，砖墙里
有一片不属于这个春天的红枫
和那些缠绕摆放的枝蔓一样矫作
然而，我喜欢所有的自然发生
就像喜欢你说喜欢我

回想走过的路
看不见来时的方向
每一处，都有你的凝神
我听见风的呼啸
有铁轨的轰隆，自身体穿过
难过，像来不及洗净的空杯

三花端坐椅上，舔着爪子洗脸
大橘仿照它的模样
伸展四肢做着瑜伽

未来的某个时空
我想和你
靠在有温柔怀抱的木床上
那木床骨骼有型、坚硬
但并不妨碍我们
逗猫、聊天、接吻
和相互赞美

莫干山

飞鸟掠过时
莫干山的巢穴空荡
枫叶红了
仿佛某个姑娘的脸
两滴余温犹在的露珠
忽然绽放，忽然羞涩
急切的秋风，携带古庙钟声
携带黄叶的惆怅
慵懒，倦意
拥抱一场又一场雨

年轻的光泽与脆响
通向晨曦的石阶
秋天需要深爱的人
寻找弄丢的童年、马达的轰鸣
寻找青梅、竹马
心的起伏

落差或陡坡

忧伤的，破碎的

放进流水、湖泊、祖母的炊烟里

秋色含混、斑驳

剑池断肠，指向冬天

不安的夜色中

将尚未写尽的鸟鸣、倒影

用时间的湖笔描画神秘的鱼群

让我吃辣椒的人生

有了不同的柔软

原载于《延河》2018 年第 8 期

1 | 灰雁

一直盯着岛上那些神秘的翅膀
白鹭、丹顶鹤、天鹅、孔雀
河流突然变得轻盈

一阵振翅的扑扑声，接着是
人群的惊呼：灰雁——灰雁——
遥远地，好像在喊我
哎——我在心里答应
好像凭借声音，才能确认自己
在人间的痕迹

——多么艰难。没有翅膀，更不能摆脱
来自大地的永恒召唤
一整个下午，我的视线追寻着
那群灰雁，它们有时代替我飞到远处
有时歇息在湿地的岸边和芦苇丛

后来天黑了。而我已无须确认
它们在夜晚是否还在继续
撞开空气的阻力。我知道
但我不再表述为飞翔，我称之为开阔

桉树林在出汗

2

桉树林在出汗。它们的顶端
长出了黄金
太阳一样照着人们的脸

如此朴素的、沧桑的脸
如此急迫的，幻想着将来的脸
整日整夜的劳作，让生活看起来
并非一团废墟。并非

被眼前绑缚。它们有
抓紧一切事物的强大根系
单纯的人们，用某物
换取另一物
满足于正经历的，被平衡的幸福

他们走在黄金滴落的密林
没有人注意，突然而至的干旱
绿色的沙漠，似乎
什么也没有发生
自然在不停的往返中
当它们变成工具，砍伐自身时

原载于《腊木湾密码》2019年2月刊

1

即兴诗

星空无爱恨，映着高筑的祭坛
又打开人间的围栏，闪电缀满星星
在墙壁的折角闪耀，暗光陡落
来不及照见我短暂的欢愉

鼓腹的昆虫，吟唱语言的花火
廊沿上天竺葵绽放出等待的沉默
如我所想，都是诚实的朴素
黑夜轻轻的痉挛也是，夜风微醺的呢喃

也是。雨水敲打的群山悬浮在我头顶
落单的那只画眉，藏在树影里
像刚完成的梦：远眺的深渊在身后
逐渐幽暗，那里有人攀着雷鸣的藤蔓

2

如果父亲能说出答案

柿子挂在梢头，山鸟却已倦了它的甜腻
在屋檐上抖动鲜艳的羽毛
白日依山，父亲偶尔会重复这一句

祖母的墓地，鲜花说出了她生前的沉默
那些花是谁栽种的？星星的光线汇集
它最明朗，直到风的到来

如果父亲能说出答案
初冬之风会很快入定，保持均匀的呼吸
这时候，父亲的微笑也像山坡上的野棉花

又软又轻，可雪不会下错地方
风也不吹无故的忧伤
倚墙独坐，他时明时暗的皱纹是寒露或霜降

原载于微信公众号"天天诗历"2019年5月

1 | 吃嘴的光

月亮往东运行——

这只吃嘴的光，吃掉整个太阳

鸟儿失去方向，或者

飞回巢中，动物睡眼惺忪地出来活动

仿佛黑夜之后仍是黑夜

人们沿着望远镜的圆周散步，高瞻远瞩

口袋里纷纷掉出手机、餐票、硬币、

　钥匙和三黄片（他们倒立了？）

一只瘦猫走过去，蓝眼睛吞着黑暗

一些人转向更高的场所，另一些人正在

推迟转移。他们摘掉五官

不去工作单位，不看各个省份的天气

二十分钟后，一个没有太阳的世界

结束了

2 | 年龄的大师

读里尔克的同时在读艾略特；

读茨维塔耶娃的同时在读普拉斯，错过了阿赫玛托娃；

读策兰的同时在读特朗斯特罗姆；

读米沃什的同时在读奥登与史蒂文森；

读弗罗斯特的同时在读沃尔科特；

读卡瓦菲斯、曼德尔施塔姆的同时在读聂鲁达、歌德……

这几年，我一直在这样毫无秩序地读。

不分节气的南方山水，处境，鸟迹，具有怀疑的慈悲心。

这几年，快闪、实用令我们不再看重历史。

打个比方，诗人某某死去，五年后将不会再有人提起。

在烧烤摊、大排档与一切可能的场所，我们

高声喧哗，偶尔论及诗，语调显得圆滑，

也许这让人误会，但内心感念，岁月漫长，

摆在餐桌上的那对酒杯，突然变深，令人痛苦的眼神

那是非常熟悉的、诗的战栗。我想

交流也一样必有机缘，总有宁静的时刻，

我们围炉低语，内心最真实的煤被点燃。

源于某种乐观的理由，素食和健身，

活得像个二十岁的青年，你在其中

活力而有力，你成为我，成为极少数。

并深信自己的身手超过去年——

每一年都这样想。我们达成清晰的共识：

谁活得更长，谁将改写历史。

原载于微信公众号"诗歌的脸"2019 年 3 月

花

油菜花又要盛开

我认为它们不是要给春天

一个交代，而是想给

菜根一个交代

还有梨花杏花打碗碗花

包括这尘世间的

无尽繁华

都说男人四十一枝花

最多再有五年

我也会开花

给母亲一个交代

那时她就六十好几了

可不可以我做菜根

她做花

原载于《现代青年》2019 年 3 月刊

北方太冷了
到你那边转了转

在石门之上
湖水被一些树枝拱着
仿佛冬天的脸，波澜不惊
我们坐在一起谈论太阳
还有火球、老大、习以为常的光芒
月色把夜擦得很亮

太阳是月亮星星的老大
我们也是各自家里的老大
所以我们是两颗小火球
说到这里，月光晃动了一下
我们不约而同地抬头看了看

等油菜花盛开
我要做一回最小的弟弟
我们要对着满天星辰
干杯再干杯

原载于《绿风诗刊》2019年第2期

晨别

你替我拦住青衣江
这又有何用?

生涯在雾中,疾驰
两侧青山护送我,十里,再十里

昨夜黑茶滔滔,阔如江水。此去
再无你,为泛着油光的路面带来白鹤的心

我囿于门缝中窥探的山川
接受你不拘一格的失败论

原载于《诗潮》2019 年第 1 期

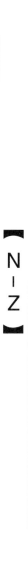

ZIN

1

在汀州

江上早无船帆，航道止息
盐工散去后，只剩苔藓
在修补草鞋与青石的关系

水流急，已经很少有人重提
烟袋的香气。旧时小曲，唱尽佳人才子
保长走过店头街，去改小了褂衣

柳荫深处，坐定三两绣花老人
一根细长的丝线收住心，才最终
将凤凰掌握于缎面之上

机械轰鸣中，来自外乡的施工队
将路牌吊上杆顶。从前诀别的伤感
在年初刚刚被拓宽了三倍

婴儿咬紧乳头，被继承的午后。宗祠坍圮
而廊柱戳穿屋顶。那种痛据说只有
被孽子忤逆过的父亲才能感知

后来的家书里，南国有过几番小动荡
但究竟归于安宁。一切都得益于家训
粗厚的树叶，将阵阵寒风，举过竹林

火把到这里寻找过废墟
而遗忘在点灯。断碑抓住景定三年
如同灯芯抓住火焰

丑时既过，香案倾斜。黑色家猫舔舐毛发，顺便
也舔舐神像的霓裳。一千多年来
舌尖上的倒刺，将信仰抚养长大

只有几件事在永恒进行：生老、病死
或者迁徙。人们搬运木石建造房子
木石也将他们，反锁于自己坚固的属性

或者摧毁，日复一日的居住
耗费着无尽的生灵。春来时新鲜的争吵
仿佛冬笋在灶面

餐桌上摆满丰盛的早餐
白粥与肠粉，搭配凤凰单丛。古老关系里
冷却是妻子回敬沸腾的唯一方式

正午时，窗台上的小草派出阴影
去房间清扫她的泪——
在光的孕育中，那草暂时得到了盐的命名

原载于《福建文学》2019 年第 5 期

1
信智村的神仙

穿过半个大海

到达一座风浪摇晃的斜坡

我们爬上高高的柿子树

采摘鲜红果实

树旁，信智村石屋住着的四个老人

毫不介意

这些强盗，他们只是

摇摇手："涩。"

他们拉出一筐柚子

用半筐清凉与甘美

中和我们的冒失、无知和苦涩，他们用斧头

砍半爿野猪肉

要送给我们

山腰"咯咯"鸣叫的鸡们

也要送给我们

白云在天，也在他们身畔流动

他们的笑容让我们知道

他们过的是神仙的日子

原载于微信公众号"猛犸象诗刊"2019年1月

2 不再

未料想，有一天
身体会背叛故乡。回乡一周
额头泛起小颗粒
回京一天
额头光洁，咽痛
也渐好
六年，我一山西人
渐不嗜醋
不嗜面食，一朔州人
南街杂各、抿搠、莜面鱼鱼
土豆肉炖粉条、刀削面
渐只做一年饮食调剂
时时勾动肠腹馋虫之
销魂美物
不再。怎知
一种深处悲凉，起自何时
又
将止于何处

原载于《诗潮》2019 年第 2 期

聂权作品

旧日重来

1

穿过山野　我们在电话里重逢

山路信号闪烁

酸枣树上被霜击败的果子

犹如喉头哽咽的泪滴

时断时续的话语让耳朵更为仔细

暮色中　亮起的路灯一直延伸到星星身边

田埂上瑟缩的小虫好久没有温暖过了

它的身体一直像爱一样

不知藏于何处

又需要在什么时候突然将窗户打开

我可以嘲笑冬天里的一切
这些被冻僵的事物
露着幸存者惊悚的眼神

而我　如同被车灯开辟出的路面
因你一个电话
变得清晰而平坦
复印了逝去的时间
呼吸了曾经的空气

原载于《星星》诗刊 2019 年第 2 期

1 | 无端的陋习

我喜欢开启抽油烟机后
再坐回客厅读书，想象轰鸣的它
是一朵会念经的云。我还会侧耳倾听
捕捉一些飘浮不定的音符
然后在纸上写下
春山、庙宇、斑鸠与老病……
或许是对自己的费解
让习性堕入了另一种费解
譬如，刚才
我又去打开了厨房的窗子
让风雨入室，与抽油烟机旋律相和
互为馈赠

2 | 酒瓶帖

还能是什么呢
半斤酒的国度，温暖的腺体——
铁质般的瓶体上，兔毫、鹧鸪斑、冰瀑
以及曲折的蝶翅……
触手可及。它们来自伊犁，有着
峭拔的锁骨。
而酒在其内折损，整齐
如深秋，用细节还原出暮光的消退。
用不了多久，情绪将停止晃动
安定下来。夜，也将动用纵深的水
让这只酒瓶，在玄关处
与暗香互认。

原载于《扬子江诗刊》2019 年第 5 期

永陵舞伎二

1

她抬左脚，让风先吹过去。
你亮右腿，把风又叫回来。

她比执着还要执着。拧。
你和对面的她对立。干。

酒杯邀来的明月，她一饮而散。
骑虎难下的将军，你拆台走人。

和尘对舞，直到沉默结冰。
和光跳舞，直到欢喜腐烂。

名垂千古，那是皇帝的事。
穿着可爱，哪怕领舞一个时辰也是妙事。

唱川剧的人，甩得出水袖，唱不出绿腰。
你用云手证明云环不是云，广袖藏玉肌。

在敦煌，她让青山走进中国画。
在永陵，你让高髻高悬于石壁。

舞步、曲子、眼神，都是有想法的声音。
只是全被泥土埋葬。

收集这些声音的顽石因严重缺水而失声。
你的遗言：我只是住在石头里的哑巴。

原载于《绿风》2019 年第 5 期

一只水中的白鹭

清浅的河水缓慢地流着，河床裸露出太多的
　石头
两岸的野草茂盛
散步的人走着走着就消失了

一只白鹭收拢了翅膀，站立在水中
任凭河风拂动它的羽毛

不知它是否看到
水中的影子随着流水不停地摇晃
它久久地看着远方，流水逝去的方向
像一个雕塑

中年的我
此刻，听到脚下的流水声越来越响

2 | 黑马

他养了一匹黑色的马
有着高傲的头颅和暴躁的脾气
常常疾驰在黑夜里
像一种黑在另一种黑里移动
直至融为一体

渐行渐远的马蹄声，载着所有的夜色在奔跑
偶尔会听见低沉的嘶鸣
仿佛来自夜的肺腑

它的眼神中蓄养着龙卷风
不停吸收他身体中的水
他的湖泊快见底了

一天夜里，湖泊消失了
黑马失去了主人，低头来到一座寺庙
也消失了

原载于《品位·浙江诗人》2019 年第 6 期

1 金丝楠

他一生都在找寻合适的木材
建造命运的容器
在山中，他只能如此度过
我是多年后才看见他
死去的部分，在无字的石碑后
草木茂盛，身上披挂着
白色柳条。棺木
是金丝楠打造，可以延缓
腐烂的速度。他生的部分还在被提及
房子也是金丝楠木
那些空间，至今还没填满
只是偶尔有什么穿过
无意打开他留下的木盒
封存的记忆，我知道
我是他，也是布满纹路的盒子

2 | 桂

雨不停地下，没有天空
修炼起死回生的桂树
在池塘边干枯，将自己
打碎在地，等待聚集
我曾在幼时，与它交谈
从孤独的香味中，练习远行
如今，老房子早已坍塌
土地变更，仇人穿行
我从一生的循环中
又回到这里，空空之所
桂树还是桂树，池塘依旧是
池塘，游动的时间
划动着水中的影子
这一幕发生在多年后的八月
叫喊的婴儿
已经成年，连绵阴雨代替了
晴空，以及飘飞的桂花

原载于《星星·诗歌原创》2019年第6期

十
三
作
品

琥珀

我仍清楚记得，六七岁时的某一天，
南奇供销社，在我一再的流连中，
我的大姨为我买下的
那枚仿制的琥珀钥匙扣。

里面的那只褐色小虫，
永不会爬到它的终点。

仿佛童年的我，和年轻的大姨、母亲，
以及柜台后那位面孔模糊的售货员，
一直留在八十年代
某个上午的阳光和空气里，
在我的记忆中。

我总是反复想起某些事，怀念一些人。
细想来，并不见得是多么重要的事，
或多么铭心刻骨的人。

我怀念的，也许只是他们，或它们
所收藏的，自己的部分，
是我们共同创造的一小块光阴。
是我眼中，我的身体里
一滴冷却的，又依然滚烫的人世。

原载于微信公众号"挽留" 2019 年 2 月

2

一种慢

以每秒 24 帧的速率拍摄
和播放连续的照片，
我们会看到连贯的动态，流逝的时间。
这是电影的基本原理。

我总是怀疑，
我们是否真的看到，或者经历了某件完整的事物。
想想自己的人生，有多少
被我们的记忆漏掉了。

安静下来，把岁月具体到每一秒，
得到的仍然只是一些碎片，
像一张张多米诺骨牌排列在一起。
或许我们只能通过空隙来感知命运。

但如果把拍摄的帧率提高，
我们就会观看到一组慢镜头。
如果我们也能活得更慢，更细致，更有耐心——

是否可以无限地接近本来的自己，
庸碌的一生背后，
那叫作永恒的东西……

原载于微信公众号"挽留"2019 年 3 月

黑白作品

139

1 汉阳古镇

在某个下雨的午后，如同回到凯里
我，我们一起来拜访

这一点都不奇怪，因为我们需要一种滑动
然后我们沿着前人的脚步
看木房子、指甲花、铁匠铺，还有茶楼的老人
我谈这个的时候，千里之外的外公也在编竹

"时代不一样了"
——他会这样感慨，物质的变化永远是隐秘进行的
打破回忆的固定性，沿着岷江
我们穿越它，而这种穿越也产生在身体内部

太过相似是一种疼痛
我们需要河水、天上的星星
它们落在地上的时候，万事万物就亮了起来

2
棉花俱乐部

多久了，我们还盖着那床被子。我们要怎样去记起
亚热带，灌木状。棉铃中柔软的纤维

我们内心房屋空了。我多害怕，我将迷失
我的柔软。黄棉、灰棉……
你准备真理把我掩盖，把真性情的柔软雾化
我无法去相信，很多年里
棉花的进化

你问我的转变。我还是我，棉花也还是棉花
压下季风和雨。人们摘走柔软
每一次采收，都是一场辽阔的早衰

原载于《星星·诗歌原创》2019年第9期

1 蛾

一只蛾，困在纸上
在我的文字迷宫间
它比字小，甚至
比我的描述还小
我不忍拿笔触它
驱赶它。它那么小
翅膀紧贴着身体
也许还不会飞，不对火焰
盲目顺从。我看见自己
在迟疑的句式间
微蹙眉头，无从落笔
那只蛾，在我不注意的时候
已奔赴秋天。纸上干干净净
没有一枚果实，一片落叶
甚至我怀疑，那只蛾
自始至终未曾出现
只有危如累卵的文字，投下
比我更弱小的影子

原载于微信公众号"摄影与诗歌"2019年1月

2

剩
余

每次做饭

母亲都把汤添得足够多

一家人都盛了满碗

依然略有剩余

母亲倒进干净的碗里，留到下顿

和新饭掺在一起

我曾劝母亲，这样总喝剩饭不好

并用听来的科学道理解释

母亲却说不能一概而论：

没有碰过人的嘴，就不能叫剩饭

后来渐渐习惯在米粥里打捞出

上一顿的豆子和薏米，一粒红枣

像一个甜蜜的意外

我们都习惯了这样的日子，就像

母亲向来害怕日子只够温饱

没有剩余

宋煜作品

1 | 而立之境

三十年，生命的河流能否猛然回头？
打开身体的画册，风湿、骨冷、偏头痛
这些陡峭的笔锋，让风霜凄紧的内心更加苍茫

童年时候，画出的帆船和大海还未来临
只有夜黑色的手掌，提着昨夜的星辰
像高举起光阴的马灯

精心临摹的乌鸦，乔装打扮成为女巫
站在树上喊醒，那些遗落于群花王冠中的雨水
薄纸一样的黎明，书写的全是生活的爻辞

山上的房子，一排排空了出来，成为
众鸟争栖的空巢
此刻，所有经我涂改的爱已经面目全非
只有一卷月光，跳出大海
没有谁知道，那是我用青春尚未熄灭的余火
饲养而成的春风

2 | 观女儿作画

苏卯卯作品

孩子，这样的人间我不敢轻易去爱
爸爸爱的年轮和青草潜藏于水墨
爸爸爱的山峰早为星月磨去棱角

如今，爸爸只剩那日渐肥硕
藏满黑暗的肉身，在收录着疼痛
与白发的卷轴

很高兴你已经学会作画，看着你肉嘟嘟的小手
我不知道该不该告诉你，人生的纸张上
你应该画进的还有那孤独的雨
寂寥的风

其实，爸爸应该但不能告诉你的是
别看咱们这屋外繁华遍地、四野春风
那些最美的事物，往往会在不经意间
把人撞疼

原载于《星星·诗歌原创》2019年第2期

1 | 荠菜青

在小花学会做味噌汤之后
妈妈千惠终于可以放心地走了

我不会做多少美味佳肴
但知道怎样凉拌萝卜、蒲芹、青菜
也懂得去田埂上挖回一篮荠菜
洗净，焯九分熟切碎，加佐料凉拌
既不损青翠，也不减野味

母亲教我这些
用去大半辈子的光阴
我必须装得很愚笨，学不会
便永远可以
于万千荠菜中
找到她埋头采挖的身影

原载于微信公众号"新诗尚"2019年3月

2

容器

棉花填入被单，做成梦的容器

草木在花盆里葳蕤，成为远方的容器

照片镶在相框里，它是回忆的容器

大米、面粉、盐巴放进厨房，填充温饱的容器

衣服挂满橱柜，那是身份的容器

存折上数目增长，那是欲望的容器

欲壑总是难填啊，我们自身

就是一种叫作饕餮的容器

总有人在学习逃离

以断舍离的方式，孤身走向一座寺庙

以极简的方式，去湖畔重获一颗自然之心

以献出自我的方式，加入无偿捐赠的队列……

而我敦厚的父亲母亲，无须教习

天生就掌握了内心清浅的绝技

认为吃穿用度，够就可以

当他们抻抻发皱的衣角

坐下来和我谈话，仿佛神明坐在了我身边

原载于微信公众号"新诗尚"2019年10月

1

是我离开了他们

一个孩子在山路上跌了一跤，鼻血直流
他还不知道采集路旁的蒿草堵住鼻孔
只是仰着头，一次次把鼻血咽下去

一个学生放下驼峰一般的书包
从里面取出衣服、饭盒，取出书本、试卷
最后是玩具：纸飞机翅膀很轻，纸大雁的翅膀更轻

一个青年在世上隐身了二十多年
只有影子注视过他，只有词语跟随着他
他想说的不多，活着的路上不需要说太多

都不在了，孩子、学生、青年
都不在了，山路、书包、可供隐身的人世
我曾伸手想要挽留，却只是拦住
想随之而去的我。是我离开了他们

原载于微信公众号"诗立方"2019年5月

2
口信

小时候我翻过一座山，
给人带几句口信，不是要紧的消息，
依然让我紧张，担心忘了口信的内容。
后来我频繁充当信使：在墓前烧纸，
把人间的消息托付给一缕青烟；
从梦中醒来，把梦里所见转告身边的人；
都不及小时候带信的郑重，
我一路自言自语，把口信
说给自己听。那时我多么诚实啊，
没有学会修饰，也不知何为转述，
我说的就是我听到的，
但重复中还是混进了别的声音：
鸟鸣、山风和我的气喘吁吁。
傍晚，我到达了目的地，
终于轻松了，我卸下别人的消息，
回去的路上，我开始寻找
鸟鸣和山风，这不知是谁向我投递的隐秘音讯。

原载于微信公众号"乌篷船"2019年10月

1 悲观主义

装修工人在拆除空店铺里
剩余的空，雨声沿蛛丝快速传递
在结点处引发小小的震颤，如同某些记忆
还在大范围扩散着不可名状的悲伤
比如很多年前，他的小女儿突然因病离世
那时他像现在一样正在园中割草，他说
参天大树最后也会变成柴火，他始终相信
我们只是被刻意地存放在人间
供意外和死神挑选

夏天

2

长了缺口的断把瓷杯被用来盛放水仙
开花时屋檐矮小，雨水
顺势递来苔藓和经久不绝的滴答声
大风吹落墙上的丝瓜络，吹瘦玉米秆
最后吹到后山上聒噪的伐木队时
是多年前的夏天，我还只能在长途电话里
找到母亲，哥哥们相继背井离乡
南下或者北上，我因此获悉一些城市的名字
但觉得并不好听，故乡越来越空，那时
红土上的月光白得彻底，我的孤独如青蝉
每每在肉桂树黄昏的暗香中
仿佛大彻大悟

原载于微信公众号"窗里有猫"2019年9月

1 只有一条河能治愈我

唉，我已病得不轻：欲望
在道路上刻碑；病灶，燃烧着疯火
我有失心病、狂躁症和众多疑难杂症

活不下去的时候
我就是那个带着菜刀和拿着绳索的人
在眼前摆上一条大河

只有这条河能救我，她从源头带来了良药
带着竹简和帛，带着诗经、乐府
秦时明月汉时瓦，带着汉字、马帮和木鱼
带着天地之心流淌的绵绵柔情

让我那些无法说出的苦，泥沙一样跳进去
病毒一样死去
活下来的，只是我们相爱的部分
天地阔大如洗，存放我大象穿针的忧伤
长河落日的药丸一再让我脱胎换骨

这一生，能领受一滴露的恩泽
就足够我活下去
足够我像一条河没日没夜地活着
带着归来的魂魄

而太阳毫不吝啬，每天用浩瀚的大海搓洗着我
这些河海一般
交叠而生的幸福和情义
都被我深深爱出了盐和光

原载于《青年作家》2019 年第 3 期

2 | 干净的事物

雪水把道路洗得更亮了
即使黑亮的深处也浸染了雪的白

偶尔还有背阴的雪让道路打滑
狂风无非让路边的狗尾巴草
弯了弯细细的脖颈
毛茸茸的脑袋还齐刷刷地晃在大地上

一只灰雀闪电般掠过十字路口
它不是乌鸦，不是秃鹫
不为食肉和稻粱逐鹿天地
它的出现像一个神迹

雪花落净之后，一场春天
干净的花事就真的要炸裂了

原载于《作家》2019 年第 3 期

1 | 蝉
鸣

半截蝉鸣跌落断桥

流水只是顿了顿

流水走远

流水裹挟着无边的燥热走远

桥右边的瓦舍宛如一个

古老的说书匠

有一肚子的水草和

绚烂盛开在岸边的野花

桥左边的小学堂早已没有昨日的沸腾

村庄仅有的几个孩子

在城里租房上学

操场拐角处

铁锅倾斜

总有雨水从铁锅豁口处流下

裹挟着昏黄的锈水卷入断桥腹部

蝉鸣跌落之处流水一直存在

而来来去去的人不存在

——包括那古老的说书匠

在合上书本之际压住的另一半蝉鸣

2 | 卖雪球的人

田晓隐作品

长街也有深陷的眼窝

渐次下陷的路灯是一颗颗凸起的眼珠

这么描述这条街道的时候

天色已经暗下来

只有把脚跷起来或者爬上一座废弃的楼

才能看见镇外的港口、废船厂

老旧的塔楼和那些零散的小山丘差不多高

但天色已经暗下来

熟悉的也必将变得模糊

打雪仗的人们都已经玩累了准备回家

我也该回去了

回去给玛丽安烧一壶热水

她还在教堂里祈祷

今晚的温度更低，没卖完的雪球不会融化

原载于《星星·诗歌原创》2019 年第 5 期

1 | 香椿湾

一个醉酒的人，毁坏了
香椿湾的小庙。十二岁那年
我第一次看到身首异处的佛像
心里扑通扑通地跳
每次路过香椿湾，总是绕着走
想着这个酒鬼，死定了
后来有人修缮了小庙
佛头重新回到佛身上
只是颈上挂着一条裂缝
为了给它合上，有一只
蜘蛛，没日没夜地
在里面织网

2 | 善恶帖

她就在我们小区楼下卖菜
她的青菜卖相不好，虫洞几乎
遍布每一张菜叶。但城里人
争相买这样的菜，像一些虫子
在菜摊前蠕动，像一些虫子
透过那些虫洞，爱上了生活的
残缺。她也会乘机
缺斤短两，给自己的欲望添点佐料

某个傍晚，我携妻儿去郊外
看见她正在田野中采摘
妻子向她买了几个青椒和茄子
临走时，她追上我们
硬塞给我家小儿，一些新鲜的苞米

原载于微信公众号"王单单和他的朋友们"2019 年 9 月

1

童年

那是后院菜园的一扇木门
现在我经过那儿，要挖一些
冬季的蔬菜

木门右下方有个小洞
进出门时，只有认真留意
才会发现它

我不知道木门是何时装上的
用一根细钢条鼓捣那个小洞时
我可能八岁
或者更小一些

如果我弯下腰注视那个小洞
它还会认得我吗？

2 幻象

我有多本陶渊明的集子，
薄薄的，中华书局出版的《陶渊明集》，
分别在开封和郑州的住处、在办公室里，
有时候也在我的背包里。
像分裂的、隐匿的、被冷落的自我一样，
紧随着我，是一个个幻象。
唯独在乡下老家，不曾有一本停留，
我回家时亦未曾带上过一本。
我从未在与陶渊明文字中相似的乡下读过他，
一回到老家，这个幻象顿时消失了。
就像在那儿，我需要——剔除对自己的某些幻觉，
失眠的夜里，觉得陶渊明很遥远，
也不是我最喜欢的。

原载于《星星·诗歌原创》2019 年第 9 期

1 假设

如果有一天，我死了
只在最初几日，人们会说
哦，她死了
还那么年轻！
一段时间以后，人们
继续他们的工作和生活
没有人再为我的死感到惋惜
我孤单地在另一个世界里游荡
蚂蚁们扛着找到的粮食
列队爬过我孤零零的坟墓
它们不知道坟墓里埋葬着谁
它们从相似的土堆旁经过
为找到祭品而欢呼
为曾经以为活得很有意义的意义
带去吹过它们身体的风

原载于《满族文学》2019 年第 3 期

晚秋遇友

2

微雨含烟作品

你从山上下来
手里拎着新采摘的苹果
秋天的馈赠分我一半
如此甚好

酒醉的时候，把酒分你一半
你能代替我的悲伤就好了

走的时候，下着小雨
雨刮器抚摸着车窗
车窗外，是我将要融入的人群
我也快要像他们一样
低着头，人生越来越向下

原载于《辽宁作家》2019 年第 4 期

1

沉默是一个虚数

夜晚自我消解的一刻，爱遍了苍生——
包括你的身体，行走如一座喧哗的城
想和你用树影对话，告诉你
悬崖是天际的起点，苍穹是个结束
如果天光暗下来，那么它们互为因果

和你相对沉默，比江阔云低更加美好
西风天生适合被叫断，夜晚天生适合被粗读
薄暮殆尽是个序言，群星寂静
才是正式的诗篇，赐予话语一个震颤

我就此原谅了所有发声
也原谅了，尚未出世的雷鸣
心脏比猫的跳跃还要轻盈，在我体内
讲述生命，如此温柔
我倾听它如倾听一个秘密，或者
将它当作从未被使用过的零

皱纹开裂，比玫瑰开放还要小心
耗尽半生，都无法让这伤口愈合
我依旧不会歌唱，就好像
俗世纷落，众神保持沉默

2

远行

我臣服于我的贫瘠。默认再无一处旧地
可以成为待抵达的终点
我打开自己，任由青苔掠夺我仅有的漂泊
它说只有这样，它深爱的屋瓦
才会褪去沧桑，重回少年

离开的脚步像是一场大雨
窸窸窣窣，落在泥土、石阶，吵醒屋里的梦
浇灭了曾经整夜等在窗边的烛火
远走的时候，连一个拥抱都难以交付
才发现自己最大的苦难，是生活
将它的宽容让给了我

你唇齿间从未吐露的"再聚"
比清泉叮咚，还要动听
泪水的流速，放缓到每秒二分之一厘米
依稀看到你的背影，就像是笛音
被回声暂时拉长

离别的水雾汇聚成一条长河
而我是它最广袤的流域
那些落花重回枝头的时候，人间才有资格
被做梦的称作旋涡

原载于《扬子江诗刊》2019年第1期

1

凌晨两点

凌晨两点
藏有太多凹凸不平的文字
不必睁大眼睛，担心深一脚浅一脚
往前就够，是心怀希望
还是在黎明前消逝

一里之外，黑夜就设一道障
流言已经半路遣返
欲望和真情在星子下相遇
酣睡的停车场
比月光还亮的是白色垃圾
佝偻的身影在说"回去吧"
飘在空中的是一世的柴米油盐

从温润的气息中看到了你的脸

沉默时像一张原始纸

经过煮煌足火，春和透火焙干

再奔走于山与河之间

你给自己泼墨

渗入人间悲苦

原载于《品位·浙江诗人》2019 年第 3 期

1
一生

一颗樱桃喂不饱她。
几株开花的植物总在五月消耗着她。
在河边，两只翅膀总是不够用，
她为此每天早起修筑堤岸，给爱飞行的人。

听说白天和夜晚，分属两个平行的世界。
她为此试图打造一个白天的自己
和一个只属于夜晚的自己。
但是母亲第一个跳起来，表示强烈反对。

她决定练习做一株樱桃：
花有短暂的美，果有恒久的甜。
她曾度过樱花的一生。
她曾度过樱桃的一生。

如果这练习终将以失败告终，
那么，就原谅自己度过了糟糕的一生。

2 树知道更多……

树知道更多。
每到一个陌生的地方，总是某棵树
最先成为她的忠实听众，并得到她的信任。

茂盛的枝叶曾在春天听到她的哽咽。
落尽叶片的枝丫，以沉默，一次次回应着她
越来越深的沉默。
不声不响，开着花的树，
曾令她陷入幽深的香气，忘了呼吸。
直到几个气喘吁吁来到山顶的人，在
正落着叶子的树前，慢慢平静下来。
她也曾是不自量力的人啊，曾用力
狠狠拍打树干——
几片叶子缓缓落到地上，不慌张；
也看不出喜悲。

枇杷满枝。
枇杷低眉。
这是迄今为止，她最难忘的
一棵树：沟壑丛生的脸上，
有星空不曾映照的谦卑，也有
未被风霜雪雨驯服的骄傲。

原载于微信公众号"夏午工作室"2019 年 5 月

夏午作品

溯源 1

若有来生，愿做一条鱼
七秒的记忆已经足够
摆动尾鳍，便能把所有的经历遗忘

再不用怀念故土，到哪儿都能随遇而安
没有牵挂，再也不会被亲情缠绕
不再做梦，为一个又一个虚拟的目标
日夜兼程，给自己画地为牢

一生只做一件事
从苦难的尽头，溯流而上

原载于《诗潮》2019 年第 2 期

2

在延安，我感动于一盏灯

项见闻作品

宝塔、窑洞、红旗、五角星，是延安的精神
而我，独感动于一盏灯，和想到一面镜子

在那个黑瀑布笼罩的夜，先贤们怀揣一盏灯
历经二万五千里的艰难跋涉，到达延安
一盏灯，是一种信念，当无数盏灯汇聚一起时
星星之火，便以燎原之势，照亮了黑暗中的
中国。令全世界睁大眼睛，为这片古老的土地
震撼
刮目
这盏微弱的灯火，从延安窑洞中穿越了
一个世纪，至今仍然在照亮我们的心

我常常感动于窑洞里的灯火，也坚信
这盏灯火的继续真诚。只是，时间是一面镜子
当和平、舒适、安逸成为一种常态
我们忘记了窑洞里的灯火，并刻意于镜中画饼
画房子，画名利，画出国梦，画醉生梦死
忘记了灯火给人间带来的烟火味，和生死情
不能在镜子中，看清生活的本真

在延安，窑洞中的一盏灯，仍是一面镜子
此刻，我对着它正衣冠，也正三观

原载于《诗选刊》2019 年第 4 期

1 局内人

一幅布局坏了的画
被揉成一团。如果把荒谬的世界展开
也是张皱巴巴的画纸

少年埋头读《局外人》
我端着水果从厨房里出来
他抬头问我——
莫尔索的母亲去世之后
他为什么不悲伤
错杀阿拉伯人时，他为什么不辩解
并拒绝相信上帝。临终时
还感觉自己这一生是幸福的？

我把头转向窗外
思忖着该如何向他解释——
莫尔索早已将自己从布局里拿掉了
而我们，仍活在这张糟糕的纸上

2
选择

小女孩拿着卡片让我选
一张画着人，另一张画着马
如果不能生而为人，去做一匹马？

野马几近灭绝
做家马就要忍受鞭子的抽打
不时用卑微的眼神
乞求主人往石槽里，扔一把苜蓿草

要是年底被牵到集市上
发现那里站着更多的马
它们颈上都挂着一块牌子，上面潦草地写着：
刮泥子、通下水道、贴瓷砖、保洁
更可怕的是，两个屠夫模样的人走过来
一个穿着黑布鞋，一个提着装银两的袋子
……

我的手在两张卡片之间迟疑
孩子，生在世上真是一件为难的事
我们有可能——
是马
是鞭打马的人
是屠夫

原载于微信公众号"忽一日"2019年7月

美德

我有一柜子衣服，随年龄和季节变化而增减
柜门打开又合上，耗尽了多少日夜

在我眼里，它们并非冰冷、没有感情的织物
挑选它们时，我至少动用了眼睛、大脑和手
看、思索和触摸，过程耗尽了多少智慧

白天，它们抱着我的肉体在尘世行走
一朵缓慢移动的花，在时间的森林里自生自灭

夜晚，它们囚禁着一团人形空气
在忍耐中静静睡去，像一柜子谦卑的美德

原载于《椰城》2019 年第 7 期

2

游戏

我给他居所、食物。按照我的喜好为他装扮
送他去学校接受教化（也可能是另一种禁锢）

做完这些，我领着他来到人前接受参观
仿佛那是我的另一枚标签

他送给我他的画（由简单的线条组成）
入睡前的吻；紧紧牵着我的手
（那手曾不止一次被我甩开，又摸索着探过来）

我曾为此暗暗得意：看啊，他需要我
孩子离不开他的母亲

我满足于这被需要和信赖的游戏
日复一日，用来喂养生活的虚空

当我在尘世奔走，目光清澈不再
想到游戏还在继续，我就不能停下

173

原载于微信公众号"草色袭人"2019年7月

1 | 凋落

外面的风暴越来越频繁，装点着
平淡无奇的日子
在一个晦暗的傍晚我开始枯萎
完全是自愿，为了剔除体内的顽疾
没有人能出手阻拦

实际上，并不是你叫我开花
我就会发芽
每张陌生的脸，都接近冬天
而我就是那咽下咸涩的承重之人
谁能理解，并真正进入真相内部

大多数人对年轻的作恶者
持有高高在上的怜悯，宽宥他们
以显示自己非凡的肚量
我已决定不去动摇他人的意志
我没有力气。过去的那些斑驳的暗影
麦田样的狂热，已十分可疑

你也不过如此，不过如此
这并非真正的相认，所以再见
而我将继续枯萎，枯萎，并即将凋落

2 遥相望

时至今日，面前的选择
必定没有最合心意的那个
我知道你和我一样
厌弃了这被指责为荒唐
抛弃秩序、规则和美的日子
最好的春夏秋冬已经一去不复返
最好的时候一去不复返
落在我们肩头的雨静静地流下来
流到下个夏天又从天而降
我知道你和我一样
将失去当作一门艺术
将诀别作为命运的恩赐
并从不愿直面内心的痛楚
其余的时候，安于钢铁般的意志
在沉默中守住了沉默
也安于疲倦和困厄
多少年来，在渐行渐远的路上
始终保持对彼此陌生的敬意

原载于《诗潮》2019 年第 11 期

和一朵花相认

1

去年冬天，我们在嘈杂的小饭馆里
喝茶、食肉，面带笑意
谈论木心，谈论海子的麦子
是否有一株被遗忘在风雪里
我们也说到爱情，说到美与破坏
我说我疼，身体里的伤口无次序地绽放
水源枯竭，夜色弥漫
我不过是影子的自画像

而今，我只能在夜里突至的
短暂气流里，怀想
过于单薄的白，与过于浩瀚的风
和一朵花相认，当作是你
给它看我沉默的锈斑，分取它一小部分的甜

我们不过是被时间帝王流放的诸侯之子

我不能说想你，有些话语一旦说出
月光便会掉落下来，刺痛茫茫大地

2

当我学会在斑驳的树影里，辨别阳光
在身体里安放一列永远鸣笛的火车
当我学会撒娇，学会扭动腰肢走路
当我把笑与哭控制得恰到好处
当我把青涩的自己鞭打、掩埋
在天亮以后再笑着说我爱你

当我学会在身体里，安放无数个女人
学会在甜蜜里添一点撕扯
当我懂得，我们也要在相爱中
做彼此的陌生人

当我睡去，妄图打捞二十一岁的我
那时候，月亮过于明亮
一条鱼的心跳，也是你和我的心跳
当我回忆起这些的时候

你失去了我

原载于《诗刊》2019 年 3 月下半月刊

你失去了我

许春蕾作品

177

1

像白色遇见它的兄弟姐妹
像冬天遇见它的火炉

七月，那拉提草原
你们坚定地举起召唤的手。我无法淡然
我张口的瞬间，遭遇严厉的堵截

小小的野花。小小的天堂牌药丸
吞服，不耻贪婪

惆然，久久看着
静止，五色花瓣，坐在异乡的故乡

雪山的指甲盖

脚步刚刚停歇
慈爱的探索者

但愿我的苍白能得到照耀

原载于《北方文学》2019 年第 5 期

月亮要落到哪里，伊犁河的水
哗啦哗啦响着送来清辉

我就不知道今夜的头
该转向故乡的沧海之灯，还是天山的月

我在进门前，看见月亮在宿舍楼前
像被随手丢掉的衣裳

我惊诧于镜中消瘦的身体
我惊诧于它阴晴圆缺的物质性规律

是啊，还可以共看一枚月亮
照着我的，也照着你们今天的上元佳节

我们在月亮下约会
就能用风的手臂，牵手

千山万水，用一帖金黄的膏药就好
就可以稳住心情。风湿病治愈的味道

只有月亮。太阳洒光，观照万物
只有月亮，集中将孤独照耀，共时的温暖

原载于《贡嘎山》2019 年第 4 期

1 | 月光误

月光，勒紧一匹白马。它老泪纵横
西辽河的春天依旧夜长梦多。那惊叹号
已被大雁叼走
——拿去对付你的长安吧，顺便铐住你的三十里桃花
好就着一碗宋词下酒

我愿意就这么被你荒废
黎明懒起，薄雾是告老还乡的骨灰。密码，无法破译
其实是为了秋后，再把灰烬翻动一回

某年某月已不重要。身体是一根武器，迟早会被缴械
如同我赤脚试探春水深浅
不过是想偷走你心急如焚的妩媚
生命本来就是叩首，重逢，然后走散
流水只是借口，最适合为泥土刮骨疗伤

送药人恐又晚了半步

他越来越像一件乐器，反复拆解自己

脱缰的野马不曾走远哦

它正一步一步丈量大河，直到被一捧黄土囚禁

不说爱了

我们说一说老树返青，成为月亮的拐杖

老马如何成了马头琴

一匹马的草原

蒿草一再退守，直退到一匹马的眼眸里
那里埋着一抔香草，搭救一匹马的啜泣

狂奔八百里，它还想搭救一根青草的命
从黄沙手掌中抢先一步
把一件件凶器从泥土中刨出

跑不动了
蹄铁下有它未曾喊出的疼
我有喉结空悲愤
我有怒蹄无踩处

守了一辈子草场，草原却被自己弄丢了啊
八百里原野长满八百里孤独

鸟迹遁入笑谈中，弓影藏于萧瑟
一匹马踩紧自己的身影

生怕它也会趁机逃走。而脚掌
也是一片草原的钥匙

只要跺一跺大地
便会有一大片蹄声，从石头缝里蹦出来

一片草原扶着一根野草站起来了
一匹马扶着一柱孤烟

那烟缕欢快得紧，像翅膀斜逸
给它拽来一大片草香的苦味

长路漫漫，已不见放牧旷野的人
只有一匹老马，还站在自己的身影里

一堆堆烤火时的灰烬不见了
大地丢失了它的纽扣

原载于《草原》2019 年第 2 期

1

从不对你说

我从不对你说，喜欢你
我不给你尘埃给树叶的压力

我从不骗自己说，喜欢你
我是善良的蜜蜂给自己留了一点点蜜

2

鲸鱼安慰了大海

不是所有的树
都能在自己的家乡终老

不是所有的轨道
都通往春暖花开的方向

不是所有的花都会盛开
不是所有约定的人都会到来

我知道，是流星赞美了黑夜
鲸鱼安慰了大海

原载于诗集《鲸鱼安慰了大海》（长江文艺
出版社，2019)

1 | 欢乐

我变轻了，在上升了。

一只镶满宝石的玫瑰金爪，将我从我身体里提起。

小火车驶过兴安岭，汽笛在林间拉响翡色的快意，

我一路轻舟，穿破我的血液肌肉骨骼皮肤，

顶出了头颅。

今夜天花板不染尘，慈悲微光烛照天堂路，

我悬浮在上方，看你我攀缘缠绕，

似危崖孤村边，红尘一枝莲。

那是无限中的我，在致意有限中的我们。

爱你啊！我说。

话音刚落，悬浮着的我化为流星雨，

带着火焰、闪电、星钻和繁花俯冲回我体内。

又是一阵巨大的暖流……

我说的是爱，没错，

羁旅于生死之间，这是有限的我，

能找出的最美的词。

戊戌深冬，过北大蔡元培像

2

以爱草木之心，先生以海之蓝焰烘暖我们
如牧人痴守
花了一百年才长大，旋即就
陷入循环瘟疫的羊群

当严冬成为台历上的装饰，年轻的花束搭乘
南方的飞机准点赶来
向先生献上程式化敬意
大朵小朵，在青灰的碑台下极尽艳靡
四围枯枝阒寂

还剩几片枫叶，也懂事地按住
篝火脆裂时的低吼
它们的父辈，早已在告别前
用沉默的嫣红
遮盖了一生的羞惭

原载于《诗潮》2019 年第 4 期

1 一厢情愿

多少年后，你会不会一个人去清明的荒坡上
看望一个人。一堆石头，想和它说说话
会不会，在某个街口
看见我的儿子，一个清瘦的我，情不自禁凝望
似曾相识，注视他渐渐远去
心口莫名地痛，想起许多往事
眼眶潮湿。我已经没有时间了，生命停止在某个
清晨或是晌午，人世间，再无任何消息
而你仍带着我的回忆，继续生活，一想到这里
我坟头的野花，就忍不住开了。它足以证明
有些东西，是生死，也无法隔断的

2

武陵听雪

杨犁民作品

这样的夜晚，我总是一个人独坐书房
围着火桶，静坐到深夜
它们天远地远地来了，寂然无声
却能清晰地感觉到雪落大地，窗户边
就能听见其呼吸。十万武陵山
一夜白头，瞬间塌陷下来
河水也放慢了流速

我并不害怕寒冷和吹拂
但我仍然没有打开窗户。即便如此
我也能想象得出，它们的汹涌和呼啸
铺天盖地却又声息全无
纷纷扬扬，其数量之庞大
人类仍然没有发明出可计量的数词

我一个人坐在那里，此刻
就算把我一个人放在旷野，置于暴雪和群山中心
我也只有沉默，没有恐惧

我没有什么话要说，也没有什么事要做
我只是坐着而已
天地无言，唯有雪落
落在我一生的某个时间里
就像落进了骨头里

我面前的白纸上，还是不落一字
白纸如雪，渐渐隆起，已没有什么需要呈现

原载于《星星·诗歌原创》2019 年第 6 期

一株从梦中递来的罂粟花

1

一株从梦中递来的罂粟花
菱镜中的素手如盐
坚果之核已碎

——这些聚散的多边形碎片
你在黄昏将拥有一块
在凌晨会融化
你在前生曾拥有一块
如今只能无望地怀念

这些空。流水。罂粟之风
从梦中递来的梦
心中之心

原载于《诗刊》2019 年 5 月上旬刊

春光

母亲搭梯子去剪椿树嫩芽
也顺便剪取了少许
白云，我在地上收拾乱局
突然被枝丫上的一个
鸟窝吸引了目光
这是一个空鸟窝，曾经
飞出几只年轻的生命
现在它像老屋一样
被推倒，在春光的背后
总有一些事物会长满灰尘

2

早餐

这个清晨有大雾
我俩坐在餐桌前，稀饭、包子
再加馒头，我添了一份
碎碎的花生米，油酥过的
一份酸酸的泡菜，萝卜腌制的
谁也没有说话，油漆剥落的
大门，道路连接着
湛蓝色的海，听得见声音
却看不见蓝

原载于《滇池》2019 年第 7 期

杨胜应作品

1

马老汉

请记住他的轻歌慢板。

那些从中药厂下岗的日子仿佛有一个世纪。

他怎么会一下子就老了，

与你在黄杨木的门庭里讲起往事。

然而并没有那么难挨，

他的从不讲理的邻居，

现在却成了生活中无法避开的空隙。

他唯一的小女儿正在读研，

点缀老伴儿睡衣上的补丁，

生命的乐趣，

足够喂饱这头长久沉睡的怒狮。

2

和解与告别

一个人对着晚风打电话，用
旧式的按键手机，老地方，
油脏的棉裤焐热了木条凳。
风越冷，他的嗓门就越大，
似乎没有商量的余地。
也算得上讲演实录，听众们
藏在风的后面看不见的某处，
他拥有失传久已的方言。
阳光比雪稀薄一些，
这个季节，每隔几秒就有枝叶状
物体剥离、坠落。他的心愿相应地
一点点开始淤积，他拢了拢棉帽，
露出倔强的牙缝，像黄昏一样宽疏。
人们知道他会夹着手袋经过天桥，
能借一点微光，他的要求也会更加
湿润。彼此擦肩，突然想起了什么，
他们努力去辨认，那眼神怎么解释，
仿佛复写一份过期的文件。

原载于《星星·诗歌原创》2019年第4期

1 鹿
柴

姚
月
作
品

忽然起飞，跃过平仄之栉，之鳞，
空山之美即是绝句之美。

自青骨深林逼出雪色明月，
你已遣去山兽、溪声、鸟趾鹿。整个辋川都不曾醒来。

我低头偏有韵脚沾小青苔。

2

姚月作品

府衙里的小捕快说，刀是用来过命的。花刀亦如是。
过美人关的英雄说，刀是用来插两肋的。花刀是。

刀是用来失传的。厨子说这话的时候，花刀就不见了。
后门口的祖母低首摘着篾篮里的刀豆，
挑出剑脊，一根根地在手上掰断，
和一个老姨婆静静说着话，
不知花刀。

谁都没瞧见一个落草的春风只身负刀来到枝头：
只记得当时光影，隔着云头，
我仍漫天喊出了她的枝垂、寒绯、松月、八重。

原载《星星·诗歌原创》2019 年第 11 期

1

汤湖

现在，有人问起

你是哪一年到汤湖的

——2003 年，我会不假思索地回答

具体一点是 2003 年 12 月

我从另一个乡镇调动到汤湖

去报到的那天，柏油路只通到左安

左安一过就剩下沙子路

其实，1997 年的汤湖就留在我的记忆里

整个汤湖街，早点店没有一家

她站在竹林里，我收到的第一张女孩子的彩色照片

十八岁男孩子的脸红，大家一起在璜石茶厂的生活

短暂

短暂到我还没来得及认识汤湖

几年后，我与他们在街上打牌，无所事事

有一次在车上，遇到那年茶厂里一个制茶师傅

两人在不确定中试探性地问起对方

直到现在，当人们说起汤湖

会说他的茶叶、温泉

而我会想起那片在之后的建设里毁掉的竹林

但我不会向人们提起那年

她已埋藏在我的心底

雕像上的蚂蚁

2

蚂蚁爬到它的腹部
现在，它是这只蚂蚁的王国

蚂蚁就是这座雕像的王
唯一的王，它正在巡游它的国

蚂蚁有一颗强大的内心
哪怕是现在它正在面对大英雄

蚂蚁在用它的足丈量王国的疆域
每个地方都不遗落，哪怕是英雄的指甲缝

蚂蚁天还没亮就已经出发
它告别它的家人

它要出来为家人找食物
它要巡游自己的王国

它是在偶然中发现的
一场雨里那只蚂蚁来到了英雄的脚下

它就要穿过英雄握拳状的右手
它不知道，它刚刚逃离鬼门关

原载于微信公众号"青言说"2019年6月

叶小青作品

199

1 | 苍园诗

雪后第二天，我终于完成了脱牙
像完成古老的仪式
餐桌上，一条有戒心的鱼
从胃中脱落

犹如这些年，我刚从母亲身体剥离
从困兽的笼子里，从斑鸠尚武的利爪里
从荷花不为人知的羞耻里

我知道，剥离意味着我与世界的
第二次决裂。第一次是
母牛跪着的分娩

小路尽头的苍园，我多想和吹箫的少年
彼此交换。看着落叶覆盖
父亲积郁的坟头，而母亲种下了柿子树
枯萎瞬间爬上她的脸

2　小路诗

它笔直地通向我，略带嘶哑的
嗓子。荒芜的乡村
在枯草中蔓延，群山参与了它的
孤独

如果不是一场风雪，我一定还能
准确地找到它。并且告诉它
我儿时的厌倦还在加剧：青色的麦苗
金黄的稻田，以及遍布的绒花

只有这悄悄的小路，浮起故人的脸
浮起稻穗上的祖父母
并代代相传。我又留下什么
给尚未受戒的儿子？我能将小路
指给他并找到最终的方向吗？

原载于《星星·诗歌原创》2019 年第 6 期

一度作品

1

晒月亮

和我一起的，还有菜园里那根绿皮甘蔗
它长得很漂亮，穗子饱满，茎秆笔直
叶片悬在空中，像几笔月光下的工笔画
为了让位给天空，梅子树被砍掉一枝
我舍不得的，以后再不能爬上童年位置
绕着这个院子一直走
把院子从小走到大，把月亮从这头走到那头
还有好多东西想搬出来晒，父亲的鼾声却从里屋赶了出来

阡陌里 | 2

尹祺圣作品

在村口，铺一张宣纸，听乡亲们画地图。
村西，赵四家的儿子在江南当大官，记下。
再往南，勾一座城市，要用急笔，草草挥就。
浓淡不匀的地方，藏有儿时玩伴去向。
于北方，换了狼毫。墨要温一温，不然，
风雪会把窗户蒙住，耽误了我的远房表舅，南望。
边疆很远，安在村东小溪旁。那家的孩子当了兵，
落笔，不能太轻。
角落里，做石匠的李老汉在抽烟。
晚上，他要跑很远去逮萤火虫。
攒够了，就去县城送给复读的孙女。
宣纸渐满，我在山腰藏了一角。那里埋着，我的村庄。

原载于《星星·诗歌原创》2019年第9期

1

在车上

在车上，你见过那个女孩儿
她拿着一束花。花香使车厢有轻微的摇晃

一节摇晃的车厢，她拿着一束花
像我们中的例外

早晨在公交车上
锈色的云朵贴着窗玻璃飞翔

我们这些用沉默交谈的人，像瓶子一样摇晃在车厢里
他们彼此感觉对方像空气一样存在

在车上，你见过那女孩
拿着一束花
她清澈的眼神让我们感到羞愧

原载于微信公众号"早上好读首诗"2019 年 9 月

人间温暖落在低处

2

当红蓼花开出六片
花瓣，任何爱和幸福都将
一一到来，我将写到
太阳，白鹳洁白的羽毛，和天空洗净的蓝
我的祖母坐在墓碑旁
人间的温暖落在她脚下
她叫着我的名字
稀薄的光线被推开又被幸福填满

原载于微信公众号"送信的人走了" 2019 年 11 月

1

系鞋带

我蹲下来，为女儿的小皮鞋
绑出两只蝴蝶结

埭口爷爷也这样为我系过鞋带
我记得他蹲下来时像是要捡起什么

我总认为，就在那一次
我接过了爷爷的魔术
他还给我讲过我的寡妇祖奶奶
如何教会了他们兄弟编织草鞋

当时我正如眼前的女儿，看不懂
一只古老的手。但我知道
她也将蹲下身来
为另一只鞋，扎出欲舞的蝴蝶

2

纸条

在掰下树皮、摘下蘑菇时
他总是想起一些小纸条
那些童年的秘密
塞在一些物体的背后
忘了被取出。仿佛伐木后剩下的
树根，在地下的黑窖里
继续生长，几近停止
但依旧在生长着。一位根雕师傅
和我说过他缓慢的秘密：
初一十五要祭拜树神
那些仪式、祝词
就这样断断续续流传下来
像从一只只手上
递过来的几乎烂掉的小纸条

原载于微信公众号"3 言贰拍"2019 年 9 月

在某医大候诊，即兴

输入姓名、身份证、电话号码，于是我

变成了真正的病人

手持人民币、挂号卡、伤口。和疼痛走在一条路上

仿佛医院需要供奉一尊菩萨

治愈人们无辜的眼泪和哭腔

死亡的声音如此清脆，像自动门轻轻的碰撞

人群有时像一个巨大的伤口

医生并没有缝合的功能。他们都是沉默的大多数

面对难产、癌症晚期、断肢、婴儿病

各种身体发肤来自外力的伤害，各种传染非传染的

　病毒附身

我仅仅只是为了被摔碎的两颗门牙而求救

在我诉说诸多不幸的瞬间

仿佛那两颗牙也是我要怜悯的一部分

他们既是参与者又是观众

2
买房记

我们终究要落入家长设下的彀中

买房、结婚、生子和还贷款

这条路上，他们走累了，就转交给我们

我们终究逃不脱开发商的狡诈和利诱

纷纷交出身份证复印件、现金和征信报告

园林、地下车库、幼儿园和活动室，这些看似遥远的事物

变成了实惠的全部理由

这些古老的银杏树，勉强落下金黄的叶子

这些大理石雕凿的貔貅，无奈地喷着水雾

这些稚嫩的草，朦胧中发出新芽

这些交完首付的男女，像经历过一场劫难

也像是终于找见了那颗止渴的梅子

我也是其中一员

从此暗无天日

从此我和银行，将并肩前行在西咸一体化发展的大道上

一个昂着头，一个垂着首

原载于《诗歌月刊》2019年第5期

宇剑作品

蚂蚁

如果把那只蚂蚁放大

像只鸟儿一样大小

我们就不会那样掐死它

轻易地，毫无罪恶感地

因为痛苦的表情，能看清了

扭曲的身体，能看清了

乞求的或愤怒的眼睛，能看清了

甚至能听到呼号的声音

但现在不是，蚂蚁太小太小

小得像装不下痛苦

小得像没有装上一个真正的生命

2

定风波

它逃出来，沿着河边一直跑
一直跑。去到凤凰树下
吹落枝头的花瓣
又把地上的花瓣，吹得翻过身去
它狠狠摇晃一只旧灯笼
掀起春联的一角
又转身吹皱了池塘
又把麦子吹伏了
它得意起来
要把整个村庄吹向远处
但有一位荷锄的老人走在路上
他停下来。他停下来就像尘世里的一块
不肯翻滚的石头

原载于微信公众号"诗国星空"2019 年 2 月

羽微微作品

1 | 江船

凌晨夜渡，江船泊于长江大桥北
拽住波涛的汹涌，一列火车至蛇山脚下横渡
载着大江的怒吼。夜船起航发出困兽般的嘶鸣
像解开了江水的隐秘。射灯变换角度
跳上龟山之上的电视塔，像替我寻找着什么
大江浩瀚，隐隐，这江心的客船
像一个思考者噬骨般的隐痛，对城市充满了旧怨
对江流又添了新愁。而借江船往返
我是站在痛苦和巨人之上的，回首
可得古楚，远眺
可摘新城

而立

三十而立。我来武汉已历八载
比照父辈早育的年纪，已然熬到晚婚
我凿词修身，每每觉得就快立起来
心向鸿鹄和江流，出世
却总有浪头拍过来。哦，我在武汉
尚属弱冠。但不着急
我有信心等来而立。而立之前
我要倒腾自己，形如燕雀，入世
不必逼着自己与江流为友，和漂泊
为敌。不用顾虑事业上走火，前途中
入魔。早有先贤搬来相同的遭遇
呦呦鹿鸣：在武汉，我似乎总盼着
而立，搬来稳定。哦，父亲
莫要着急，命数中，我属未婚
先育

原载于《星星·诗歌原创》2019 年第 7 期

袁磊作品

栽种春光

1

在此之前，先得
借助铁铧让酣睡的土壤翻身
用耙子，安抚凹凸不平
当然，这些工序都得在水中进行
只有水的柔情，才能使得五行调和
文汇路校区的实验田，似乎
具有某种神奇而独特的吸引力
它总能在缺少生机的季节请来春天
水稻、麦子、玉米，都是它
根据不同物候精心书写并派出的请柬
我在立夏后的田里栽种春光
如你所见，一根长绳横贯其间
像一把刻度尺。它在丈量株距的同时
也顺便检验我们对待劳作的态度
我们在绳子前站成一排，谦恭、虔诚
每栽下一株秧苗，就给土地鞠一躬

原载于《民族文学》2019年5月刊

2

草戒指

在实验田里待得太久

我沾染了许多作物的习性

而木讷，是最褒贬不一的一个

像一株含羞草，我总是怯于

表达自己的情感。每当有人靠近

我就急忙紧锁两间心房

也有避之不及的时候，比如此刻

我被不明兆赫的眼波击中

坐在田埂边，用狗尾草编一枚戒指

别问它有多重，我无法回答

千千结与克拉之间的

换算关系，还有待推敲、证明

但日落前，我必须把信物送出

无论定情与否。炊烟、稻田

抑或迎面而来的陌生人，都有可能

前提是，千万不能嫌它廉价

经过锄头和除草剂的无数次锤炼

它已经具备了金属的所有特性

原载于《雨花》2019 年 6 月刊

1

二十多年前，小学暑假作业本上
看到一句成语：抱头鼠窜
老鼠怎么能抱着头跑呢？！
同学说，课本不会错

为了验证
我与同学带上铁锹，越过公路
绕过坟墓，去西山脚下挖田鼠
堵住其他出口，灌水、烟熏

狼狈的田鼠没有任何反抗能力
浑身湿透，咳嗽着，跑向更野的野地
草香越来越浓烈，牛羊抬头望着天空
我们扔下铁锹唱歌跳舞，忘了回家的时间

扎鲁特山地草原南坡，溪水的北岸
被一个成语赶跑的那窝田鼠
在我已经严重混淆了的记忆里，复仇了一万多次
每复仇一次，我就虚弱一次，抱头鼠窜一次

原载于微信公众号"鹿鸣文学"2019年8月

1 | 赌
糖
吃

为了得到糖果，总会遭遇这么一个人

总得听听这样得意的声音

——来和我对赌吧

好像他手里总是攥着一把沙子

我们怎么能数得清沙子呢

又怎能自取其辱呢

当我悻悻走开。我知道

他掌心里的糖果已经和沙子凝结成一块石头

——和世界对赌，我从来没有输过

——可是谁会相信呢

从来不曾有谁松开过他的手掌

一头鲸就是一座城市
几十年，上百年。当它死亡
缓慢落向海底
起先是盲鳗、鲨鱼的清道夫（可以叫作冒险犯
或疯狂的政治家）
大块撕咬尽那些再没有痛感的肉，然后离开
一个王朝滑向荒凉之地
蜂拥而至的机会主义者
——多毛的、甲壳的
没有脊梁的家伙们。繁衍生息
了此一生。一座城市正在形成
据说，会有多达 43 个种类 12490 个生物体

也就是说，应该有了市政部门和菜市场
有了法院和警察，医生和清洁工人
街道和灯盏。甚至应该有一个游乐场
有无数荧火棒——是的
吃骨虫弗兰克普莱斯和罗宾普鲁姆斯
正挥舞着它们自己，为这个城市加油
我们坐在大海边，像坐在一本大书
蓝色的封皮外，一页也翻不动
大海喧哗有它自己的理由。而我们什么都不知道

原载于微信公众号"门缝儿" 2019 年 10 月

鱼尾纹

岁月，请跟我来
这里是我的厅堂
这里是我的厨房
这里是我的卧室……

我总是在梦中
抱海而眠，醒来，唯有鱼尾的痕迹

生活的面目
已经越来越清晰了
一张漏洞百出的渔网中
我是那条夺路而逃的鱼

2 | 白色遮阳帽

张琳作品

这是一幅油画
那个坐在白色椅子上的妙龄女郎
是虚构的。
画下她的人，活了八十二岁
她的一生
还留下一幅自画像，但没有人
能够看出她——
八岁成为孤儿
十四岁被舅舅卖入怡春院
十七岁与人为妾。她的一生
仿佛从二十六岁才刚刚开始。
当她在法兰西的草地上
完成了这幅《白色遮阳帽》
画中人已永远活在了画布里
低头不语，与世无争。
一点不像她
活在一个叫潘玉良的名字里
始终在努力
消除看不见的古老的敌意……

原载于《十月》2019 年第 3 期

1 一个人走在大街上

一个人走在大街上，移动着附着在他身上的时间。

他举步，那些花枝招展的碎片就跟着微颤。

他认出了新建路。但新建路不是终点。

那些密布两旁的行道树，

在微风中摇动着叶子。

他一个人经过那些叶子，

他看见了那些细碎，又明亮的斑点。

他无法向任何人提起这些斑点，

他无法说，哦，这不可复制的

一次经过。

明天他还是会经过于此，那些斑点，

会因相似而形成一种安慰。

他老了，但还寂寞得不够。

2

一个男人开着车

一个男人开着车，好像一句暗语。

当我写下这句，好像认识了不熟悉的街道。

不熟悉的树木。

不熟悉的广场和风向。

一个男人开着车不是

我们所能想起的其他事物。

不是意义本身。

不是一个地点，在另一个遥远地点的投影。

不是琐碎的日常，真实得令人吃惊。

不是清晨把衣服投入洗衣机。

一个男人开着车，离开了生活。

可能略显孤独，但不妨碍

一场豪雨般的想象，那些涌动的浪头，那些人们

在街道四散。

当我们四散，在一曲响起，另一曲结束的间隙，

我们看见空荡荡的走廊在发光。

一个男人边开车边反射着

投注在他身上的一切。

一个男人和他的车

创造了世纪，在一根草叶上颤巍巍托举。

一个男人最后什么都不是。

车什么都不是。

大海是虚构的。微微翻动的其实是夜晚

被压低，又被收割，又长出

茂盛的一片。一个男人开着车独自碾过行道，

他的轮子遍生青苔。

223

想要去见你

想要去见你，必须先到建宁
汽车将海拔不断提升，运气好的时候
可以看见一路莲花盛开，看见稼轩的小儿
从千里之外赶来，卧剥莲蓬

想要去见你，再要到南昌中转
从列车上下来，一不小心便闯进了
1927 年的起义当中，需要更多的词的助攻
才能从枪林弹雨里冲出重围

想要去见你，必须熬过长的时间和
远的距离，最后才能抵达上饶
于我，这是一座接近完全陌生的城市
唯有见你这件事带有一丝亲近

原载于《飞天》2019 年第 1 期

2 命运指引你吃掉一颗土豆

椒盐里脊，或者地三鲜
在成为你的盘中餐之前
它们各自拥有一颗完整的土豆
一间环绕式集体宿舍和勤于挖掘的大伯

在公寓二食堂，我把一小块土豆送进嘴里
享受它周身轻度的麻，在口腔内扩散
此时，在爱尔兰，谢默斯·希尼的祖父
正手把手教导他的儿子，有关于挖掘的艺术

在闽西北的农村，我的祖父从没种过土豆
我的父亲也从没种过土豆
这对一世的仇人不多的交集
只在水稻田和烟叶地里短暂地存在过

后来水稻染上稻瘟病，粮食歉收
大片绿油油的烟叶送进烤烟房，成了一堆焦炭
祖父在一次家庭争吵中服药去世
父亲背上行囊，去了晋江

一颗土豆的一生也是
一株水稻、一片烟叶的一生
在我们匆忙的脚步中，只有少许人停下来
细细品尝过这人间的滋味

原载于《散文诗世界》2019 年第 9 期

张勇散作品

225

1

麻雀将草传递给麻雀

麻雀将草，传递给另一只麻雀
就过命了
交情得以加深
一根草增加了体液的重量
交织成巢
就会实现庇护
有时候，麻雀用一根草，挑逗，示爱
配合那腾挪的小动作
对爱情保持着谦逊、忍耐
看上去，像在提示粗疏、野蛮的人群

2

第二人称

张远伦作品

我写：你
你就是一个人了，尽管你曾经是蟋蟀，或者雪片
你就是我面对面的人了，尽管你曾经是我的药草
或者毒食

我又写下：你
就成了你俩了；我的面前，就有了孪生的生命
尽管你曾经是一对枯死的箩筐，或者一双相寐的银
 环蛇
取走任何一个，就意味着另一个将会落单

我不断地写下：你
就成为你们了。你们是我命运里拆不开的复数
我得严防癌症、堕胎、误伤和谋杀
不能让我捂住一只独眼，或者久久地
在河流巨大的去势下，单腿独立

总得有一个你，是我可以统称的
——村庄，或者母体
为了照顾沉默的大多数，我有时也把你们
叫作遗骸

第二人称终将消失，用"我"与世界进行宿命交换
你们已经避开所有伤害和衰老
只有"我"，才是你们唯一的亡灵

227

原载于《星星·诗歌原创》2019年第2期

1

小城的雨

小城的雨多么懂事啊，它非要等到
孩子们睡着了才会落下来；小城的雨多么
健忘啊，它总是找不到回去的路；其实
小城的雨是被冤枉的，它不是有意躲进
瓦罐的。走在雨中的人并不着急回家，他
要把裤腿上的泥泞在荒芜中晾干。如果你
恰好凑过身来，就会有一只青蛙咕咚一声
跳进河里，而这时雨更大了

2

鸟鸣是最好的早餐

茉莉的香味在房间萦绕
如一条林荫小道向你发出邀请
露珠从枝头落向叶片
恰如一名女性跳水运动员
向你展示水花绽放之美
鸟鸣就藏在竹林的腹腔里
难觅好闻，像滴答滴答的细雨
让天地谈一场旷日持久的恋爱
而你再也不用苦恼
早餐吃什么了

原载于《诗歌月刊》2019 年第 9 期

过百花山 1

出百花山隧道，迎面撞见
成群的黄蝴蝶。多幸运啊，像经历短暂的黑暗
睁开眼
就看到了心爱之人的脸

"在一天的光景中，
我们浪费了大把欢愉。"

2 在菜市场

一条鱼，最后在案板上
弹跳了几下。卖鱼人，也是刽子手
他从一堆杂秽里，抽出棒槌
砰砰砰拍击鱼头
然后将粗短的手指，扣进鱼鳃
虎口对我，我才没看到
圆张的鱼嘴。剐鱼刀像把篦子
每剐一遍
鳞片就纷纷飘落，有的溅在卖鱼人的
脸上，有的落在我的鞋上
他最后才用切豆腐的刀法
剖开鱼腹，将可能藏之体内的大海
或者湖泊，通通扒干净
傍晚时，我像个悲观的收尸者
拎着一具空荡荡的躯壳
穿过菜市场

原载于《星星·诗歌原创》2019 年第 5 期

赵家鹏作品

1

两种可能

仿佛时间所有的事物
都有两种可能：一种好的，一种坏的
一种真的，一种假的
一种喜悦的对面，站着悲伤
一种微笑的对面，住着眼泪……
除此之外，我每年冬天看到父亲劈柴
斧头下去的声音，是一截椿树
一分为二的声音。仿佛在那一刻
明白了木头被挤压破裂的声音
只能是两种可能：一次劈偏了，仅仅裂口未破
一次使劲劈得很正，并未有木屑飞出
当然，也有意外。一根扭曲结实的核桃木墩
像个天生倔强的孩子，将父亲的力量
吸附吞噬，像是嘲笑他力气怎么如此渺小
父亲索性扔下斧头，回屋睡觉
这是冬天唯一见到的一种可能

2 宰羊图

从阿里的岩石山下来，我知道
在阿里，有两种不同的羊
一种生活在阿里草地，很容易找到
这些吃草的羊，它们依偎在一起
啃草、晒太阳
这种羊是幸运的，旁边守护着牧民和牧羊犬
秃鹫和狼不敢接近

岩石里的羊就不一样，是草原最孤独的羊
天生在石头里，黄灰色的皮肤
和凸凹不平的岩石融合
它空有矫捷的身手，也不会尝试
在河边饮水，在草地奔跑
两把镰刀般的羊角，分别替大地
挂着太阳和月亮

我在牧区，看到牧民宰杀了两只羊
草地上来自雅鲁藏布江的石锅里
正煮着一只羊，它四条健硕的腿骨
在汤里翻滚，多像上午那只
在岩石里的羊，倾尽力气，用四肢
挣扎出石壁，带着残缺的半个身躯
孤零零地站在我面前

原载于《中国作家》2019 年第 5 期

1 我对这个世界的要求越来越少

生活过成减法，家、单位、医院
诗歌写成减法，通透、豁达、锐意
但温补的中药会增加，
生活的成本会减少，有足够的碳水化合物足矣

我对这个世界的要求越来越少
只关心健康、中药、菜蔬
我这个小康即安的人啊
怎样才能让内心鼓满风帆

我对这个世界的要求越来越少
只关心穴位、气血，还有铁棍山药
淘宝很少上了，最多给爱人买个煎药锅
文武火让生活的滋味或浓或淡

我对这个世界的要求越来越少
对于夫妻间的拌嘴我选择退避三舍
对于厨房的锅碗瓢盆我会完璧归赵
对于生活，我的选择越来越少

原载于《芒种》2019 年第 7 期

1 时令

用力猛烈地切割开钢块，这丰腴的肉体
装饰的工业欲望的春天在机台上绽放
从齿轮间溢出黑色的伤口，钢块转身
铁质的星星在灰天空，春天被长铆钉在
生锈的地球上，被光腐烂的月亮脱落
我赞美秋分或者春日，它们沉言默语
夏日满脸尘垢站在开发区的楼群
货柜车穿过冬季灰蒙蒙的黄昏
炉火的蓝焰焚烧，保留着秋日的
沮丧、焦虑、疲倦。时令闪亮于
灰烬间，磨损的光线、身体、机台
为流逝的时间保留古老的痕迹
唯有锃亮的制品读懂我迟钝的苦涩
春日伸出一段嫩枝，鲜嫩的肉体
被点燃，为重复航行的时令
为密封在车间的青春，为卷曲的铁片
为无处可依的漂泊，为路边无名的花朵
在油腻的机台的焊光里，我将生活夺取

龙门吊握住铁锭，悬挂天空的悲哀
用一颗冬的心阅读他吊臂样的人生
光秃秃的树枝挨着霜冻后的钢锭
冬日的长舌头吐出幽暗的黄昏
他在操纵台演奏沉郁起伏的手艺
上升、下降、转弯、倾斜……
此时，他全部的悲伤沿钢索落下
砸在大地上，他旋转绿色、红色的按钮
秋天从他手中吃掉夏天、玻璃与铁
失恋从他身体里吃掉回忆、苦涩与爱
挂钩吊起坚果般的寂静、夕阳、失眠
他与钢锭交换黑暗、锈、油渍
横梁拥抱他的痛、心跳、罂粟
他用钢丝绳吊起月光、白霜、战争、经济危机
悬在半空的月亮、美、火焰与拱形的孤独
他推动缓冲器，想缓冲痛苦、沉默、愤怒
减速器上还停靠疲倦、梦、爱情、眺望
生活正沿滑轮下降，每天、每时、每秒
他活得像失翅的鸟、无鳞的鱼，把苦藏进
那条负重的钢丝绳，悬挂钢锭、悲哀的天空
他不会赞美也不会抱怨的工厂生活

龙门吊

2

郑小琼作品

1 人到中年

过了三十几岁

日子开始变得柔软，挂在墙壁上观看

人也越来越软，像流水沿着山壁行走，穿过桃花林

一边厌恶憎恨一边融入谄媚

一边咒骂一边妥协

一边心怀纯洁一边藏污纳垢

这些经纬编织的人到中年啊

开始原谅那些见风使舵的人、花言巧语的人

那些跟着指鹿为马的人

中庸，皂白不分明的人

溜须拍马的人

心口不一的人

趋炎附势的人

甚至爱他们，怜悯他们

因为我也偶尔成为他们的一部分

晨梦帖

2

凌晨有梦很好，记忆清晰

第一次梦到想见的人

闭着的眼睛里群山漂浮，阳光刺眼

有酒放在书案上

醒来天还没亮，星光还在

呆坐半小时

有些后悔，没有把梦中人和所有明亮带回来

那时廊下有月，杯中有你

原载于《诗探索》2019 年第 2 辑

1 | 夏日

她保持着，早起的习惯
打扫完居住的地方
去给花浇水、种菜、做早饭
偶尔和我一起去山的北坡
捡一些野果和菌子回来
她对山居的日子习以为常
不悲，不忧
我们有比石头更硬的命
在我面前，她总穿好看的青花布衫
我有时欢喜，有时
会迎风落泪

我有一所很旧的木楼房子

已经住过了好几代人

有一口小小的井

在后院，还未干枯

十月的青苔依然葱茏

不同名字的树

叶落满窗台

幼小的鸟从半掩的窗缝

小心翼翼地探头

我们伐木，准备入冬的炭火

重新翻盖屋顶的青瓦

把木楼疏松的关节

加固和修正

养的那头老牛

在黄昏时原路返回

我们在燃烧的烛光下

说要一个闺女

每天就这样

有太阳，有溪流，有我们

不担心毫不相干的人前来打扰

只轻轻叫你一声

这空山就满了

原载于微信公众号"蓝宝石传说"2019 年 6 月

1

寂静的雪

我喜欢跟着父亲去大圩，刨槐树的根
有时也会是榆树，晒干、劈开
挑到集市上去卖
我还喜欢去摘马泡瓜或者棠溜儿
有时是龙葵和野枸杞
放在嘴里，嚼出一嘴的苦涩的甜
我们跳瓦方
弹玻璃球、摔皮卡、干铁瓦
裤子老是被磨出一个又一个铜钱大的洞

我们喜欢爬乱坟岗上那棵

上了年纪的桑树

摘白色的桑果，果腹

老华爷是在凌晨三点去世的，口吐白沫，面无血色

村头，风吹着纸帆，唢呐呜咽

我看见乌鸦聚集在桑树的枝头

远远望去，像寂静的——雪

原载于《江南诗》2019 年第 4 期

催熟时间

1

那盏灯在我眼睛里闭关修炼
我的手掌有无数个夜晚苏醒

母亲说我天生是个好木匠
打造一个又一个不重样的自己

可是，我不忍心告诉她
她最喜欢的镂空的我，有点疼

双手合十

时间自觉地长出了老年斑
把身体里的善与恶，赶至万佛洞

我是那个浑身绑满石头的人
将自己垒在时间的漏风之处
万千脚步、风雨、嘈杂踏过
我才敢再一一拜过每尊佛像
亲手将自己——
送进双手合十的呢喃之中

原载于《人民文学》2019 年第 5 期

1 窃图卷

我原本并不认识他，
一段空气和一面玻璃墙，
就是我们之间的距离。
被温室调节体温的时候，
粉质的表皮剥落并不是最大的威胁，
令人惶恐的感觉，
来自不适的戛然而止。

我有办法制止困境，
用睡眠抵御安逸。
这称不上是麻痹，
因为我始终在体味冒险的湿度。
开始在意每一句
清醒时候的交锋，电气会使
空间里的粒子附着宽大的胸怀，
卷轴的楠木两端会因为绝缘
而气急败坏。

他没道理不带走我。

他，一个如此精明的人，
此时却陷入一种举例的陷阱中，
拿走的只不过多了些玄妙的气质，
其实并不比余下的（包括我）
更能在这暗室中自由呼吸和发光。
尘烟上行，眼睑低垂，仿佛
阴影的穿透力就减弱一些。
此消彼长的喜悦尚未来得及传染，
门缓缓就关上了。

原载于《诗林》2019 年第 4 期

1 那时的家园

那时
我一直以为
那些栀子的花香
是戴斗笠的父辈们所独有的

那时
月光不紧不急
那是大山独有的节奏
包括林间缓缓的泉水

那时
大山就是我的全部世界
大山的样子
就是我儿时倔强的模样

那时，我几乎不哭
我怕一哭
满山都是我的啜泣声

原载于《诗刊》2019年3月上半月刊

2 生活，留白

如果此刻的阳光
不够透亮
也请以广袤的心胸去接纳
这一片云的厚度

天空下稻香发自肺腑
随风均匀地散落在每个角落
那关乎年轮的印痕
羽化消逝后，又逐渐清晰

记忆飘摇
从来没有一段生活可以这样留白
而我，凝望远方的样子
在岁月的相片里，定格了太多

原载于《星星·诗歌原创》2019年第8期

图书在版编目（CIP）数据

2019 中国青年诗人作品选 / 龚学敏，唐小林主编.
——成都：成都时代出版社，2020. 7
ISBN 978-7-5464-2605-1

Ⅰ . ① 2… Ⅱ . ① 龚… ② 唐… Ⅲ . ① 诗集—中国—当
代 Ⅳ . ① I227

中国版本图书馆 CIP 数据核字（2020）第 085783 号

2019 中国青年诗人作品选
2019 ZHONGGUO QINGNIAN SHIREN ZUOPINXUAN

龚学敏　唐小林　主编

出 品 人　李若锋
责任编辑　李卫平
责任校对　张　巧
责任印制　张　露
封面设计　许天琪
装帧设计　成都九天众和　肖馥君
出版发行　成都时代出版社
电　　话　（028）86742352（编辑部）
　　　　　（028）86615250（发行部）
网　　址　www.chengdusd.com
印　　刷　成都市金雅迪彩色印刷有限公司
规　　格　145mm×210mm
印　　张　8.125
字　　数　160 千
版　　次　2020 年 7 月第 1 版
印　　次　2020 年 7 月第 1 次
书　　号　ISBN 978-7-5464-2605-1
定　　价　58.00 元

每一天。都有一张相似、悲伤的人脸

缓缓拆下那张寒冷的、一九四年的脸

时间不觉地长出了老年斑